小金崎舞《こがねざき・まい》
間四葉《はざま・よつば》
わたしは晴れて小金崎さんちで
飼われることになるのだけど、
咲茉ちゃんはたまにわたしのお世話を
忘れてしまうのである。
なので、小金崎さんが
「しょうがないわね」ってわたしに
首輪をつけ、散歩に
連れて行ってくれるのだった。つづく。

「どうしたって、貴女が欲しい。
だから……」
小田真希奈
おだ・まきな

「……もどかしい」
「へ？」
「きもち、いい……」

浮気かもしれない!!）

百瀬由
「はぁ〜〜〜……四葉ちゃん成分、やっと補充できた!」

「ああ、四葉さんを感じる……」

合羽凛花 あいば・りんか

百合の間に挟まれたわたしが、勢いで二股してしまった話　その4

としぞう

OVERLAP

CONTENTS

toshizou presents
Art by Kuro Shina

YURI*TAMA

プロローグ「もしもあの時、彼女がいたら」……003
第一話「波瀾の訪れ」……009
第二話「小金崎さんを助けるぞ会」……065
第三話「ハッピーエンドの後の現実」……098
第四話「デート。デート。そして……」……116
幕間「譲れないもの」……164
第五話「四葉、モデルになる」……181
第六話「脇役達の聖戦」……233
エピローグ「もしもあの時、貴女がいてくれたら」……253

プロローグ「もしもあの時、彼女がいたら」

YURI*TAMA

——本当の恋愛ってなんだろう?


そんなキャッチコピーが表示されたWEBサイトをぼんやり眺める。

これは、今年の4月から6月まで放送されていたとあるドラマの公式サイト。

その出来もさることながら、つい先日のこれまたとある発表を経て、さらに有名になった……らしい。

らしいというのは、私はあまり、というか殆《ほとん》どドラマを……というかテレビ番組自体を見ないからだ。

たまに時計代わりにニュース番組を流すくらいで……おかげで、リビングに置かれた薄型テレビはただのインテリアと化している。薄い分埃《ほこり》もあまり溜《た》まらないからあまり気にならないけれど。

それはいいとして、そのドラマのあらすじだけれど、「どこにでもいる普通の女子高生が、三人のイケメンに言い寄られる」……とのこと。

正直、それのどこが『どこにでもいる普通の女子高生』? と思ってしまう。いくらテレビをろくに見ないからと言って、自分の中の常識がそう世間から大きくズレているとも思わないし。

（でも……あながち荒唐無稽とも言いきれないのかしら）

頭の中にある女の子の、脳天気で無防備な笑顔が浮かび、溜息《ためいき》を吐《つ》く。

彼女はこのドラマの主人公――それを演じる役者、『天城《あまぎ》マキ』とはまるで違う。

人混みに紛れれば見失ってしまいそうな、オーラの一切ない一般人。

……といっても、それは特別悪い意味じゃなくて、裏を返せば親しみやすいとも言えるし、私的には容姿もまぁまぁ可愛《かわい》らしいと――。

（なんて、なんのフォローしてるんだか）

……………とにかく、別に彼女が特別悪いわけじゃない。

誰であれ、この『天城マキ』というアイドルと比べられれば、くすんだクズ石に見えてしまうだろう。

なんたって彼女は、高校二年生、十六歳という若さでありながら、ある意味天下を取ったと言っても過言ではない、国民的トップアイドルなのだから。

そんな特別すぎる彼女が演じるからこそ、このドラマの設定にも説得力が生まれる。

やはり『どこにでもいる普通の高校生』では全くないだろうけど。

（とはいえ、その結末は賛否両論だったみたいね）

本編を見ていない私がそう講評するのは妙な背徳感もあるけれど、タイトルで検索したらすぐに視聴者レビューが出てきてしまうのだから仕方がない。

どうやら、このドラマの最後で主人公は、三人の内から誰を選ぶべきか迫られ……結局、誰も選ぶことなく、夢を追い求めるために外の世界へと飛び立ったという。

——優柔不断な主人公らしい。

——誰も選ばないなんて作品としても逃げだ。

——もしかしたら劇場版とか続編への布石かもしれない。

ファンの人達《たち》の意見はそんなところ。そして、一番目についたのはこの「逃げ」という否定的意見だった。

私はドラマに造詣が深くないけれど、これには共感できてしまう。

一般論に当てはめれば、誰かから思いを寄せられ、本人もまんざらでもないと感じていたのなら、それ相応の答えを出すのが誠実さというものではないか……と。

しかし、一方で真逆のことも考えてしまう。

即《すなわ》ち、誰か一人が選ばれることで、選ばれなかった二人も生まれてしまう。

何かを選ぶとは、同時に何かを選ばないということ。

人は選ばれた者ばかりに注目するけれど、選ばれなかった者はその陰で涙を流す。

もしもこのドラマの結末に、主人公が誰か一人を選んでいたとしても、他二人を応援していたファンからの評価が良くなったかといえば難しいだろう。

そういう意味では、「誰も選ばない」という選択は、そういったファン達を救ったと言えなくもない……。

（でも、だからといって誰も、それならいっそのこと、逆に全員選んでしまえばいいなんて言わないのよね）

第三の選択肢――いや、選択肢にもなっていない。

もしも主人公が男子三人ともと付き合うなんて宣言していたら、きっと批判は今以上に膨れ上がっていたに違いない。

現代常識に照らし合わせて、倫理感的に絶対アウト。

これがみんなが幸せになる唯一の方法だ、なんて真面目な顔して言われたって、メチャクチャだとしか思えない。私だってそう思う。

けれど……、彼女はそれを本気で実行した。

あの間抜けで、無害そうで、いつもムカつくくらい脳天気で……何かあるとすぐに泣きついてきて。

でも、どうにも憎めない、同い年の女の子。

彼女は選んだ。その選択肢にもなっていない選択肢を。

それなのに、あの二人……百瀬《ももせ》由那《ゆな》と合羽《あいば》凜花《りんか》は、そんな彼女を見限るどころか、受け入れ、とても幸せそうに笑っている。

さらには、実情が露見すれば誰もが批判するであろう倫理感のバグった彼女に、誰からも愛される魅力を持ったトップアイドル、『天城マキ』でさえ強い執着を見せている。

どうして、彼女はそれで許されているんだろう。どうして彼女は、それを貫けるんだろう。

私には分からない。

分からない……けれど、ふと考えてしまう。

(もしもあの時、彼女がいたら……)

不意に脳裏に蘇《よみがえ》る、二年前のできごと。

私に向けられた期待。そして失望と怒り。

もしも、あの時彼女がいれば……ううん、彼女が、私だったなら、どうなっていただろう。

選択肢にもならない最低の選択肢。

それがあれば誰も苦しまず、今もみんなで笑いながら、手を繋《つな》いで一緒にいられただろうか。

「……なんてね」

そう自嘲し、スマホを閉じる。

そんな妄想、なんの意味もない。

現実は常に足を止めず、こちらの都合など知ったことかと容赦なく襲いかかってくる。

私は私で答えを出さなくちゃいけない。どうするか、何を選ぶか。考えなければ……ならない。
でも……今は眠い。

目を閉じる。脱力し、頭まで布団を被《かぶ》る。
暗闇に暗闇を重ねて、私一人の世界に籠もって……けれど、そんなことをしたって、頭の中に響く、私を呼び非難する声は一向に鳴り止《や》んではくれなかった。

第一話「波瀾の訪れ」

「初めまして。今日からこのクラスに転入してきました、小田真希奈《おだまきな》です」

高校二年生、二学期。

その新しい季節は、彼女のキラキラした笑顔から始まった。

小田真希奈と名乗った、目も眩《くら》むほどの輝きに満ちたオーラを放つ女の子。

そんなオーラを浴びながら、我ら二年A組の生徒達はみんな、彼女が名乗ったのとは別の名前を頭に浮かべたに違いない。

即ち、『天城マキ』という名前を。

天城マキは、この国では子どもからおじいちゃんおばあちゃんまで知っている、超がつく有名人だ。

アイドルグループ、『シューティングスター』のリーダー兼センターを務め、グループ内でも頭ひとつ飛び抜けた人気を誇る。

その舞台はアイドルステージに留《とど》まらず、バラエティでもテレビタレントとして十分な活躍を見せ、ドラマや映画でも主演をガンガン飾っている。

今まさに、この国で一、二を争うトップアイドルと言っても過言じゃない。

でも……そんな彼女について、一番の話題は別にある。

それは、人気絶頂の最中に発表された、天城マキの芸能活動休止宣言だ。

ネットとかの声を見てみるとたくさんの人が悲観しているようで、わたしも素人考えながら「もったいない」と思ってしまった。

活動休止の理由である、「学業集中のため」というのも本当かどうか……と、穿《うが》った意見もあったけれど……それは彼女がこの永長《えいちょう》高校に転入してきたことで完全に否定されたと思う。オープンになっている情報じゃないけれど。

この永長《えいちょう》高校は進学校として有名で、相手が芸能人だからといっておいそれと編入を許したりはしない、らしい。そういう前例が実際にあったかどうかは知らないから、たぶんがつくけれど、芸能人の推薦枠とかは存在しないし。

そして、今回に関しては、実際に彼女が転入してきた二年A組以外でも、この二学期から転入生が入ってきたことと、彼女は実力で編入試験を突破したということがわざわざアナウンスされたとか。

さらにさらに、全学年全クラスで個人情報の拡散を中心としたネットリテラシーについての講習が、具体例も用いてびっしり三十分行われて……。

そんなこんながあって、永長《えいちょう》高校全体を大きく巻き込みつつ、アイドル『天城マキ』

は、一般人『小田真希奈』として、永長《えいちょう》高校二年A組の一員に加わることになったのだ。

ただ、無用なトラブルを避けるためとはいえ、特別扱いとも取れるアナウンスや講習、というか、そもそも、そんなとんでもないアイドルが突然同じ学校の生徒になるという大事件とあっては、いくら進学校の生徒だろうが、浮き足立ってしまっても仕方がない話でありまして。

「うわ……」

わたしはそれを見て、思わずげんなりしてしまう。

二年A組の教室前に群がる、たくさんの生徒達。二年生だけでなく、一年生や三年生も入り乱れている。

お手洗いでちょっと出ただけなのに、完全に一方通行と化してしまっていて、あの壁を割って教室に入るのは至難の業だ。

彼女の転入からもう三日も経《た》つのに、未《いま》だに減る気配がない。

言わずもがな、彼らは一般人『小田真希奈』を一目見るために押しかけた野次馬だ。

ネットリテラシー研修で、無断での盗撮は肖像権の侵害、そして写真や情報の拡散はプライバシー権の侵害、訴訟リスク有り……などと、口酸っぱく言われたおかげで、スマホのカメラを向けるような人は見た感じいないけれど……でも、こういう好奇の目までは防ぐのは難しいみたい。

おかげで、一々教室を出入りするのさえ命がけだ。

（といっても、やっぱり一番苦労してるのは真希奈だろうなぁ）

今に限らず、彼女は常に視線に晒《さら》されてしまう。

それこそ、わたしみたいにお手洗いに行くのだってもっと大事《おおごと》だ。

活動休止し今は一般人になっているって言ったとて、周囲からすればどうしたってアイドル『天城《あまぎ》マキ』なのだから。

「ねえ、見た？」

「うん。本当に、すっごい絵になるよね～」

そんなことを改めて考えつつボーッと突っ立っていると、満足げに教室前から去って行く子達の話し声が聞こえた。

「本当にお似合いっていうか……マジ眼福、あの三人」

（……三人）

胸の奥がきゅうっとなった。

真希奈が転入してきて三日。彼女に対する注目は、収まらずとも少し変化していた。

それは……注目されるのが、真希奈だけでなく、他二人にも広がったということ。

「あっ」

ちょうど、人の壁に隙間が見えた。

わたしはびくびくしつつも身を縮こめて、なんとかその隙間から教室に戻ることに成功する。

そして、見てしまう。

「百瀬さん、ありがとうございます」

「いいわよ、シャー芯くらい」

「にしても大変だよね、小田さんも。まだ教科書届いてないんでしょ？　ほら、私の貸してあげるよ」

「いえ、お気になさらず。私に教科書を貸してしまったら、合羽さんが困るじゃないですか」

「私は由那に見せてもらうから、遠慮しないで」

教室の一角で、そんな会話が交わされている。

一人は件《くだん》の小田真希奈。

一般人を称していても、キラキラしたオーラを満遍なく放つ絶対的美少女。

でも、対するはそんなオーラに決して引けを取らない女の子達《たち》。

百瀬由那。

そして、合羽凛花。

その三人が一箇所に集まって、笑顔で、仲睦《なかむつ》まじく会話をしている。

まるで清涼飲料水のＣＭ映像みたいな、濁りのないきらめきを放っている。

真希奈に話しかけたい人は、クラス内にもたくさんいるだろう。

でも、三人が作り出す美少女達の尊い世界を壊してまでも、割って入ろうという人はいない。

なぜならこの高校には、一年と数ヶ月掛けて根付いた、『聖域』という概念があるからだ。

元々あの二人、由那《ゆな》ちゃんと凜花《りんか》さんは規格外の美少女として注目を集めていた。

二人は生まれたときから一緒の幼馴染《おさななじ》み同士で、一般的な友人関係よりも遥《はる》かに親しく、まるで恋人同士のような、濃い絆《きずな》で結ばれている。

言葉なくとも意志が通じ合い、いつだって抜群のコンビネーションを見せる。

だから、『聖域』。誰も侵してはならない、神聖な世界。

入学間もなく、そんな二人を崇《あが》め見守る、『聖域ファンクラブ』なるものが誕生したほどの存在だ。

たかだか一高校の、小さなコミュニティと言えばそれまで。

しかし、二人は世界に認められた輝きに晒されてもなお、霞《かす》むどころか……共に、さらに大きな輝きを放っている。

それがわたしは嬉《うれ》しくて……少し寂しい。

だって――。

「ねえ、そんなところ突っ立ってないでどいてよ」

「あっ、ハイ！」

廊下から教室を覗《のぞ》いていた人達から叱られ、わたしは慌てて端に避ける。

本当なら自分の席に戻りたいところなんだけど……たぶんここに突っ立っている以上に、

この人達はわたしが自席に戻ることを許さないだろう。

だって……わたしの席はあの三人のすぐ近く。

由那ちゃんの後ろ、凜花さんの右斜め後ろ、そして真希奈の右隣という、見事にあの輪を邪魔してしまう席なのだから！

あの三人に比べれば、わたしなんてクズ石同然で、廊下の人達にとっては、わたしが誰かなんてこれっぽっちも興味の対象にならないだろう。実際今だって、誰もわたしのことなんか気にしてもいない。

でも、あの席に座ってしまえば話は別。

普段なら見向きもされないクズ石も、宝石箱の中に放り込まれれば目立ってしまう。もちろん悪い意味で。

宝石箱を眺めていたい人達が、邪魔なクズ石を取り除きたいと思うのは当然だ。

だからわたしは、廊下の人達が満足して去ってくれるまで、この隅っこで縮こまっているしかない。

……まぁ、ずっと一緒にいるクラスメート達からはやっぱり、冷たい目で見られているのだろうけど。

（にしても……）

そんな自己分析はともかくとして、わたしは改めて三人に目を向ける。

全員美人でとても見栄えがするのは置いといても、確かに一見、仲睦まじく和気藹々《わきあいあい》として見える。

　三日の仲とは思えないほどに会話はスムーズで、なにより国民的アイドルを前にしても由那ちゃんと凜花さんには腰が引けた感じがないのも大きいだろう。

　けれど……わたしの目には、見える。見えてしまう！

　三人の間を行き交う、バチバチとした火花のようなものが!!

「あ、間《はざま》さん！」

　ちらっと目が合った瞬間、真希奈が笑顔でわたしを呼ぶ。

　瞬間、廊下からの視線がわたしに集まった。うう……!?

「え、ええとぉ～……なんでしょう、小田さん？」

「またお願いなんですけど」

　真希奈はわたしに歩み寄ってくると、自然な動きで両手を握ってきた。

「まだ教科書が届いていないんです。なのでまた、一緒に教科書を見せていただいてもいいですか？」

「あ、えと……」

「小田さん、だから私が貸すって言ってるのに」

「いえいえ、そうなっては合羽《あいば》さんに迷惑ですから」

「それなら彼女にも迷惑――ううん、負担が掛かっちゃうでしょ。その子、あまり勉強が得意じゃないから、ちゃんと授業に集中しなくちゃだし」

「それなら、分からない場所があったら私が教えますよ。一応こう見えて、勉強はそれなりに得意なんです。ね、間さん」

バチ、バチ、バチィッ！

三人とも笑顔なのに、背筋がぞわぞわするのはなぜだろう!?

転校から間もなく、まだ教科書が届いていないという真希奈《まきな》。

彼女は隣の席のわたしに、毎授業で教科書を見せてもらおうと席をくっつけてくる。

それに、由那ちゃんと凛花さんは警戒を見せているのだ。

傍《はた》から見れば、眩《まばゆ》い宝石達とクズ石。

けれど……内側から見れば、状況は全く異なってしまう。

わたし自身、なんとも信じがたい現実であるという自覚はあるけれど、ここはあえて冷静に、事実のみを語ろう。

まず、聖域。この二人は恋人同士じゃない。

だって、この二人には恋人がいる……わたしという、恋人が。

そう——わたしは由那ちゃんと凛花さん、二人ともと付き合っている、即《すなわ》ち、二股を掛けているのだ！

もちろん決して胸を張れる関係じゃないことは理解している。

あの日、わたしは二人に告白され、わたしは二人とも大好きだったと気付かされ……そんな、どちらも選べなかった優柔不断なわたしは、許されざる暴挙を犯した。

一人に決められないから二人ともを選ぶ。そんな大罪を犯したわたしを、二人は許し、受け入れてくれた。

だから、わたしはそれに甘えつつも、二人に後悔させてしまわないよう、わたしなりに全力で頑張っている……つもりだ。

けれどそんな最中、夏休みが終わりに差しかかった頃、やってきたのが真希奈だった。

国民的アイドルの天城マキ。彼女はわたしが幼稚園の頃に一緒に過ごした幼馴染み、小《お》田《だ》真希奈だったのだ！

真希奈はその頃のことをずっと覚えてくれていて、アイドルになったのもわたしとの約束があったからって言った。

そして、幼いながらに交わしたもうひとつの約束も、彼女は覚えていた。

——わたしと、けっこんしてっ！

彼女がわたしにしてくれたプロポーズ。

真希奈はそれを一度も忘れず、会いに来た。

そして、恋人がいるのを知りながら、それでも自分を選ばせようと瞳を輝かせている。

（たぶん、真希奈がこの学校に転入してきたのは、学業集中のためだけじゃなくて……）

さすがのわたしだって分かる。

真希奈の狙い、覚悟。そしてそれは、由那ちゃんと凛花さんにも伝わっている。

夏休みの終わり、わたしは真希奈とデートをした。そのせいで二人を傷つけ……わたしは謝りながら、真希奈に告白されたことを話したんだ。

伝えたのは彼女が幼馴染みだということ、小田真希奈という名前であること。

逆に言えば、真希奈が天城マキだってことは言ってなかった……だから、二人がそれを知ったのは、実際に彼女が転入生として目の前に姿を現したときが初めてだったと思う。

対し、真希奈にわたしは由那ちゃんと凜花さんのことは話していない。二股をしていることも。

ただ、わたしにはもう恋人がいるってだけ伝えてて……普通だったら男の子相手だって考えると思うんだけど、真希奈はたぶん、わたしの恋人がこの二人だと気が付いている。たぶん。

大人の社会で経験を積んできたからだろうか。わたしや、由那ちゃん、凜花さんの反応を見て、わたし達の関係を察しているっぽいのだ。

とはいえ普通、二股なんて関係、知れば呆《あき》れるし、わたしのこと嫌いになってもおかしくないと思うんだけど……でも、真希奈はわたしから離れるどころか、むしろこの状況を楽しみながら、煽《あお》っているような……。

（い、いや、全部知るわたしが、勝手に疑心暗鬼になってるだけって可能性もゼロじゃないとは思うけど……!!）

つい、誰に向けてでもない言い訳を頭に浮かべる……なんて、そんなのはどうでもいいとして。

とにかく、そんな三人の間に挟まれ――いや、囲まれたわたしは、どう身動きを取ればいいか分からずにいた。

常識的に考えれば、わたしは恋人がいる身。

真希奈からのアプローチを潔く突っぱねるべき……なんだろうけど。

（でも……）

たとえ、由那ちゃんや凜花さんのような恋人でなくても、わたしにとって真希奈は大事な友達だ。

真希奈がトップアイドルまで上り詰めた、その道のりがどれだけ険しいものだったか……幼稚園の頃の引っ込み思案な真希奈を知っていれば、それがとても想像がつかないほどに凄《すさ》まじいものだったんだろうってことくらいは分かる。

それに、ご両親のことだって……。

もしも真希奈の力になれるなら、なりたい。そう思うのも事実で、だから、わたしの手を握る真希奈の手を払えずにいる。

「ようちゃん」

「っ！」

そっと、わたしの耳元で真希奈が囁《ささや》いた。

普段、教室――誰かの前では、真希奈はわたしを「間さん」と苗字《みようじ》で呼ぶ。

だからこうして、「ようちゃん」と昔からの呼び方を使うのは、二人きりの時か、他の誰にも聞こえないよう耳元で囁くときだけ。

でも、無声音というのだろうか、ひそひそ声で吐息と一緒に耳を撫《な》でられると、全身がぞくぞくして腰が砕けそうになる。

だ、駄目、耐えなきゃ……！　こんなところで腰を抜かして尻餅でもついたら、真希奈も、由那ちゃんも凜花さんも心配させてしまって、余計に悪目立ちしちゃうから……!!

「もうすぐ授業ですよ。席、戻りましょう？」

必至に耐えるわたしに、真希奈はそう追撃を食らわせてくる。

「…………」

「むぅ……」

そんな真希奈とわたしを、複雑そうな表情で見つめる由那ちゃんと凜花さん。

二人はわたしが目立ちたくないのを知っているから、もっと抗議したそうだけれど、我慢してくれている。

「ふふっ」

そんな二人を見て、真希奈は小さく笑み《微笑み》を浮かべた。

ごく普通の、何の裏もなさそうな……けれど、なぜか、わたしには悪役のそれに見えた。

（真希奈……由那ちゃん、凜花さん）

三人とも表面には出さない。だからたぶん、彼女達《たち》を囲むファンの目に気付かれてはいない。

けれど、この場の空気は確かにピリピリしている。

そして、その空気を生み出してしまっている元凶はわたしなわけで……。

できることなら二人に何か声を掛けたいけれど、廊下の人達……以外にも当然クラスのみんなの視線もあって、わたしは胃がキリキリ言うのに耐えるだけで必死だった。

◇◇◇

真希奈が転入してきて三日間、ずっとこんな感じで、答えも解決法も出せずにただ流されるだけのわたし。

電話とかチャットでは、由那《ゆな》ちゃんも凜花《りんか》さんも「大丈夫」って言ってくれてるけれど、内心穏やかじゃないと思う。

だって、自分の状況を客観的に見たら……擁護のしようもないほどに、あまりに情けなくて、泣きそうになる。

でも同時に、真希奈が楽しそうにしているのは恨めしいどころか嬉《うれ》しいと感じてさえいて……自分でも、自分が二人いるような感覚になってしまう。

由那ちゃん、凜花さん、真希奈。

三人の誰かが悪いわけじゃない。悪いのはわたしだ。

わたしが煮え切らない態度を取り続けているから……うう……。

「それでは、予定通りホームルームを始めます」

と、気が付けば今日の授業も全て終わり、ロングホームルームの時間に突入していた。

担任のみきちゃん――安彦《あびこ》先生が教壇に立ち、黒板にカッカッと議題を書き上げた。

書かれたのは……文化祭の出し物決め。

「みなさんご存じの通り、10月末は我が校の文化祭が行われます。今日は二年A組として
どのような出し物をするか、みなさんで話し合ってもらいます」

そっか、夏休みが明けたんだし、もう文化祭準備の時期かぁ……。

「ようちゃん」

つんつん、と小声でわたしの肩を突いてくる真希奈。

ぴくっと前の二人の肩が揺れる。

「文化祭ってどういう感じなんですか？　私、初めてだから分からなくて」

「あ、そうだよね。ええっと……」

編入したばかりの真希奈にとって、突然のイベント。

不安だろうし、上手《うま》く説明してあげたいけど……文化祭って正直あまり思い出がないん
だよね。

去年の文化祭、クラスの出し物は殆《ほとん》ど邪魔にならない程度の雑用だけやって終わった。

文化祭当日は由那ちゃんと凜花さんと一緒に回ったものの、当時はまだお付き合いなん

て想像さえしておらず、むしろ二人と一緒にいるのに負い目があって、邪魔にならないようにって意識するあまり、ちゃんと楽しめなかったし。

そしてトドメは、11月に入ってすぐ行われた『マラソン大会』！

あのなぜか合法で、当たり前に学習カリキュラムに組み込まれている拷問のおかげで……わたしは死んだ。

そして転生したときには文化祭の思い出が殆ど吹き飛んでいた！

そういうわけで、真希奈に説明するより先に、まずは文化祭そのものについて思い出さなきゃいけなくて……えーっと……？

そうわたしが頭をひねっていると……突如、前の席で手が挙がった。

「先生っ」

(由那ちゃんっ!?)

「小田さんが転入してきたばかりですし、文化祭の概要からご説明いただいた方がいいんじゃないでしょうか」

(由那ちゃん……!!)

鮮やかな助け船！

キラッキラにデコレーションされて、イルミネーションでライトアップされてるくらい、鮮やか！

由那ちゃんの的を射た進言に、先生は「確かにそうですね」と頷《うなず》き、クラス内からも

「おお……！」と感嘆のどよめきが湧いた。

凜花さんは由那ちゃんに親指をぐっと上げて、いいねマークを送る。

そんなやりとりもまた、「おお……」とどよめきを生んでいた。完全にスターのやりとりだ。

対し――。

「……なるほど」

真希奈《まきな》は小さく、それこそ前の席の凜花さんにも聞こえないだろうってくらい小さく呟《つぶや》く。

その声色は何かを分析する名探偵みたいに、冷静で淡々としたもので、間違いなく名フォローが生んだ温かな空気からは乖離《かいり》している。

けれど、それはほんの一瞬だけで、すぐにいつもの、柔和で綺麗《きれい》すぎる笑みを浮かべる真希奈に戻った。

「お気遣いありがとうございます、百瀬《ももせ》さん。お時間を取らせるのも申し訳なく思うのですが……安彦先生、もしよろしければ甘えさせていただいてもよろしいでしょうか？」

「いえ、問題ありません」

みきちゃんはそう言いつつ咳払《せきばら》いをし、手帳を開いた。

「永長《えいちょう》高校の文化祭は、毎年10月末の土日に行われます。今年は26日と27日ですね。土曜日は学内関係者のみの参加、日曜日は招待チケットが必要ではありますが、一般の方も招いて開催されます」

ちなみにチケットに料金がかかるとかはない。

ただ、無条件に広くばらまかれているわけでもなく、基本的に入場者の想定は、在校生の家族とか友達とか、近隣の住民の方々、あとは進学を考える中学生とかだという。

若干窮屈な気もするけれど、このチケット制は過去を教訓に無用なトラブルを避けるために導入されたらしく……そう考えると、学校側に解除する理由はないのかもしれない。

「出し物についてですが、各クラス、各部活動がそれぞれ最低一つは何かしら展開する決まりとなっています。学業や個人の事情を鑑み、夏休み中の準備は原則禁止。なので、どのクラスもこの時期に出し物を決め、開催までに準備を進めていくことになります」

だから、転入生の真希奈もちゃんと参加できるよ！……と、みきちゃんは言いたいんだと思う。

実際にそう口には出さないし、普段通りの担任モード《たんにんモード》の無表情で冷たく見えるけれど。

「さて、出し物についてですが、基本的には三種類。飲食系、展示系、ステージ系の三つに分かれます」

「ステージ……」

アイドルとして活動していた真希奈は、その言葉が引っかかったみたい。

とはいえ、こんな一介の文化祭で、真希奈がステージに立つことになるとは思えないけど。

「飲食系は、教室で飲食店を展開するか、校庭に出店を出すかの、どちらかになります。また、教室内では火気の使用は認められないため、その場合は家庭科室などで作ったものを持ち込むか、火気を使わない……電子レンジなどで調理が完結する料理を提供することとなります」

イメージで言うと、メイド喫茶みたいな？　たしか去年もあった気がする。たぶん。

飲食系は文化祭の華って感じがするけれど、申請が多かったり、管理が大変だったり、稼働が多かったり……と、大変な面も多い。

「展示系は、主に教室内に研究発表、制作物を展開したり、物品……たとえば手芸品などの販売なども行えます。また、文化祭では定番の出し物である『お化け屋敷』など、教室を使ったアトラクションの提供に関しても、大まかに展示系の扱いになります。そうですね……飲食の取り扱いがあるかないかで飲食系と分けられると考えていただければ問題ないでしょう」

飲食系は火の扱いや衛生面の管理とかで色々制約とか面倒くさいなんやかんやが必要になるから、分類から別にされているという決まりらしい。

去年のうちのクラスは展示系だった。たしか、なんか、それぞれ不要品を持ち寄ってオブジェみたいなものを作ったような気がする。

教室の中央にオブジェを設置し、壁に制作時の写真とか、設計図とかを貼って……みたいな。

こういう出し物は、事前準備が大変な分、文化祭当日にはあまり稼働がいらないのがメリットだ。物品販売を行わなければ店番だって殆ど要らない。

一日目はもちろん、二日目の一般客が来る日も、チケット制ということもあって、かなり穏やかで、知らない間にお客さんが暴れて展示物が壊されるなんてこともなかった。

まぁ、内容がかなり地味なので、家族をはじめ知り合い以外来なかっただろうけど。

「そしてステージ系。教室か、体育館のステージを押さえて、舞台芸術を披露できます。クラス単位では演劇が多いですね。体育館を使う場合、部活動も多く使用するため、二日どちらかの、どこか一枠だけになるでしょう」

体育館という一つしかない大型アリーナを巡り、クラス単位、部活動、そして有志による特別ユニットまで、意外と多くの団体が熾烈《しれつ》な枠争いに身を投じているとかなんとか。

当然、体育館での公演は目立つし、広い舞台を使えるけれど、一回こっきりしか公演できない可能性も高い。なので、関係者のみの一日目はあまり人気がなく、穴場なんだとか。

逆に教室でやるなら、規模は相応にこぢんまりとしてしまう半面、何回でも上演できる。ただし、他教室との音出しの兼ね合いで、何時に公演するかは飛行機のダイヤの如《ごと》く事前に綿密な話し合いが行われるとか。教室は防音性が低いからね、しょうがない。

それらのメリット・デメリットを踏まえつつ、クラスとして何を作りたいか、というのを考えましょう……と、みきちゃんは締めくくった。

「大まかな説明は以上ですが……小田《おだ》さん、何か質問はありますか？」

「いえ、大丈夫です。ありがとうございました、安彦先生」

「また何か疑問があれば、いつでも聞いてください。それと、この二学期から加わったばかりとはいえ、余計な遠慮は必要ありませんからね」

「……はい」

真希奈はにっこり微笑《ほほえ》み、深くお辞儀する。

こんな所作ひとつでも、やっぱり絵になる。さすが芸能人……。

先生はそれを見届け、教壇を委員長に譲った。

そして、代わりに委員長（文化祭実行委員兼任）が前に立ち、早速出し物決めのための案出しが行われる。

「メイド喫茶！」

「お化け屋敷！」

「巨大迷路とか楽しそうじゃない？」

あれよあれよとクラス中から案が挙がり始める。みんな結構な熱量だ。

でも、分からなくもない。

わたし達は現在二年生。来年は三年生で、受験期真《ま》っ只中《ただなか》だ。

当然のんびり文化祭の準備をしている余裕はないから、文化祭を全力で楽しめるのは今年が最後になるだろう。

わたしも、せっかくなら由那《ゆな》ちゃんと凜花《りんか》さんと、思いっきり楽しみたいって気持ちはあるんだけど……この状況じゃ、どうなるか全然予想できない。

（最悪、文化祭までに完全に愛想尽かされてフラれるなんてことも……ああ、どうしよう……）

少なくとも今のわたしには、文化祭を待ち遠しいと思えるほどの余裕はなかった。

クラスのみんなが楽しげに騒いでいるのに参加できず（元々殆ど友達いないから一緒に騒いだりとかはないけれど）、ただぐったり項垂《うなだ》れ、時間が過ぎるのを待つだけ……。

そうして暫《しばら》く経《た》った頃――。

「アイドルステージなんてどうよ！」

そんな声が、教室内に響いた。

「ちょ……！」

「三浦《みうら》、何言ってんだよ」

提案主は三浦……三浦……なに君、だっけ。

彼はクラスのお調子者……いや、賑《にぎ》やかし役？　みたいな、陽キャの民だ。

わたしは殆ど話したことはないけれど、一度変なイジられ方をしたことがあって、ちょっと苦手意識がある。

「いや、だってさ。せっかく本物のアイドルがいるんだぜ。こりゃ活《い》かさないわけにはいかないっしょ！」

クラス内からは咎《とが》めるような声が上がったものの、陽の人は一切めげない。わたしだったら何年も引きずって、寝る前とかに度々フラッシュバックして苦しみ悶《もだ》えるだろうに、持ち合わせているメンタルが違う……！

「俺達《たち》の手で、最高のアイドルステージを作れるなんて、夢みたいじゃね!?」

迸《ほとばし》る陽気に、クラスの人達も「確かに……」って感じに頷き始める。

けれど、肝心なのは真希奈だ。

三浦くんの案は、本物のアイドルと名指ししているのだから、当然真希奈を立たせるのが前提の出し物。

ただ、そもそも真希奈はアイドル活動を休止している。そして学業に集中するためにこの学校に転入してきた。

それを文化祭のステージに立たせようなんて、さすがにありえない。

というか、こんな提案自体、失礼じゃないだろうか……と、基本争いを好まない小動物気質《しょうどうぶつきしつ》なわたしもプンスカプンである。

それはきっとわたしだけでなく、クラス中が「空気を読め」とそんな雰囲気で。

(こんなの真希奈だって、笑顔ではあるけれど、内心じゃ絶対嫌がって……)

「いいですよ」

「えっ!?」

わたしの想像に反し、真希奈は笑顔で頷いた！

つい驚いて声を上げてしまったけれど……でも、誰もわたしを見ていない。

だってクラス中のみんなが、由那ちゃんと凜花さんさえ、驚き振り返っていたから。

誰もが無理だろうと思っていたはず。別に断ったからって嫌な空気になる感じでもなかった……と、思う。

なのに、真希奈はなんで……？

「ただ……ええと、お名前なんでしたっけ」

「あ、俺は三浦！　三浦法助《ほうすけ》！」

「はい、貴方《あなた》は私を本物のアイドルと仰《おつしや》ってくださいましたが、実際には活動休止中なので、アイドルとしてステージに立つのは難しいかもしれません」

「あっ、うん……」

「ですが、クラスメートとしてなら、喜んで参加させていただきます」

「えっ！」

上げて、落とされ。

振り回されつつも、三浦くん、そしてクラスのみんなは真希奈が参加を認めたことに喜ぶ。

そんな教室を見渡し……真希奈は微笑む。

「ですが、ひとつ条件があります」

「じょ、条件？　もしかしてギャラとか!?」

「いいえ。ただ……せっかく学生として、クラスの出し物でステージに立つなら、一人は寂しいかなって」

「それって……俺達の内誰かが一緒にステージに立つのが条件ってこと……？」

クラスの皆の腰が引ける。

そりゃそうだ。いくら真希奈《まきな》がステージに立ってくれるからといって、それと同じ舞台に立つなんて、バックダンサーでもつらい。

誰だって真希奈と並べば、どうしたって見劣りして……いや。

（もしも、由那ちゃんと凜花さんなら……）

我が校が誇る『聖域』。

国民的アイドルと比べれば、ちっぽけな肩書きかもしれない。

でも、贔屓目《ひいきめ》を抜きにしたって、由那ちゃんも、凜花さんも、二人の魅力は真希奈に勝るとも劣らない。

この二人ならきっと……ハッ⁉

（いつの間にか、クラス中の視線が二人にそそがれてる！）

もしかしなくても、みんな、わたしと同じことを考えてた？

でも、そうなると……！

「っ……」

「う……」

由那ちゃんと凜花さんが身じろぐ。

当然、向けられる期待には二人も気が付いている。

そしてそれは、さっきの真希奈に向けられていたものとは違う……断れば空気が悪くなる類いの期待だ。

だって、既に国民的アイドルの天城《あまぎ》マキをステージに上げるという、とてつもなく高いハードルを越えてしまった後なのだから。

わたしには、それがどれほどのプレッシャーなのか想像もつかない。

だって、わたしは彼女ら側じゃない……期待をかける、かけてしまう側だから。

(由那ちゃん……凜花さん……)

胸がズキンと痛むのを感じつつも、わたしはまた、ただ見守るしかない。

わたしなんかに、口を挟む権利なんて……。

――パンッ。

突然、教室内に渇いた音が響く。

放ったのは……みきちゃんだ！

みきちゃんは両手を叩《たた》き、息苦しかった空気をリセットしてくれた！

「今日はここまでにしましょう。明後日《あさって》、金曜日の終わりまでに決まれば問題ありませんから」

先生はそう言って立ち上がり、教壇に立っていた委員長を自席に戻す。

「一旦案出しは落ち着きましたし、各自持ち帰った上で後日投票で決めることとします。

いいですね」

みんな、先生の案に異論はなく、今日のロングホームルームは終了。そのまま解散となった。

「百瀬《ももせ》さん、合羽《あいば》さん。この後、少しいいですか？」

「……ええ」

「うん、分かった」

ホームルームが終わってすぐ、真希奈から二人に声を掛け、二人は一瞬迷った様子を見せつつも頷《うなず》いた。

「四葉《よつば》さん、一緒に帰るって言ってたけど……ごめん、そういうことだから」

「ううん、大丈夫！」

凜花さんが頭を下げてくるけれど、わたしはすぐに大丈夫だよって返す。

全然怒ってなんかない。それどころか……自分の無力さ、ちっぽけさばかり感じてしまう。

真希奈が二人を呼び止めた理由はたぶん、さっきの出し物のことについて話したいからだと思う。

気になるけれど……わたしに口を出せることなんかない。

いても、邪魔になるだけだ。

「じゃあ、わたし……行くね。三人とも、また明日」

「じゃあね、四葉ちゃん」

「どうかお気をつけて」

「うん」

由那ちゃんと真希奈も声を掛けてくれた。

わたしはただ頷き返すだけで……鞄《かばん》を肩に掛け、教室を後にした。

（………）

昇降口に向かいながらも、もやもやした気持ちは収まらない。

近頃悩んでばかりだ。何かが解決したって思っても、すぐに次の問題が湧いて出てくる。

わたしはあまり頭が良くない。同時にたくさんのことができるほどの要領もない。

なのに、分不相応かもしれないけれど、由那ちゃんも、凜花さんも、それに真希奈だって、みんな大事にしたくて。

二学期はイベントが目白押しだ。もう文化祭だって始まって、その後もマラソン大会、それに二年生は修学旅行だって待っている。テストだってあるからわたしは人一倍以上に準備しないといけない。

そして、それを越えたら受験の準備が始まって……きっと今よりずっと窮屈で、忙しくなってしまう。

（なのにわたし、立ち止まったままだ……）

思わず、下唇を嚙《か》む。そうしないと泣いてしまいそうだったから。

泣いたって何の解決にもならない。

ぐじぐじするなんて、わたしが駄目だから……そう余計に苦しくなるだけなのに。

「はぁ……」

——ドンッ！

「ぎゃっ!?」

つい溜息《ためいき》を吐《つ》いてしまったその瞬間、お腹《なか》に大きな衝撃が襲いかかってきたっ!?

わたしは思わず尻餅をつき、ぶつかってきた……彼女を見て、驚く。

「え、咲茉《えま》ちゃん!?」

「うぅ……」

顔はわたしの胸に埋《うず》めて見えないけれど、このふわふわの明るい髪は間違いなく、静観《しずみ》咲茉ちゃんだ！

始業式の日に会って思ったけれど、やっぱり制服姿はカワイイ……って、そんな感想浮かべてる場合じゃなくて！

「どうしたの、咲茉ちゃん？」

「ヨツバ……」

「そうだよ、四葉だよ」

咲茉ちゃんはわたしに抱きついたまま、見上げてくる。

第一印象は、不安。

涙を流してはいなかったけれど、今にも溢《あふ》れそうな、そんな雰囲気だった。

「どうしたの……？　えと、小金崎《こがねざき》さんは？」

「………」

こんな時、彼女を受け止めるべきはわたしでなく、小金崎さんだ。

咲茉ちゃんがお姉さまと慕い、面倒見が良く、わたしにとっても頼れる友達……なのだけど、今は姿が見えない。

「ヨツバ、今、暇ですの……？」

「え？　あ、えーと……」

暇かと言われると、どうだろう。

三人のこと、悩んでいた手前、暇というにはちょっと抵抗があるというか……。

「忙しい、ですの……？」

「ううんっ！　暇！　超暇！」

咲茉ちゃんの表情が曇ったのを見て、わたしはすぐさまフォローに入った！

「咲茉ちゃんが求めてくれるなら、いつだって暇だよ！」

「ですの……？」

「ですの！」

わたしの言葉に、咲茉ちゃんはほんの少し頬を緩めてくれた。

でも、ほんの少しだ。いつも笑顔が似合う、天真爛漫《てんしんらんまん》で、無垢《むく》で、天使な咲茉ちゃんにしてはものすごく控えめ。

やっぱり何か……これほど咲茉ちゃんが落ち込むなんて、もしかして小金崎さんに何かあったんだろうか!?

「ヨツバ、ついてきて欲しいですの」

「う、うん！　分かった！」

咲茉ちゃんに手を引かれ、校舎内を歩き出す。

騒いだせい……というか、咲茉ちゃんが美少女なあまり、ちょっと目立ってる気もするけれど、今は我慢。もしもネガティブな反応を出して、咲茉ちゃんを余計不安にさせてしまったら、そっちの方が大変だ。

わたしはいったん周りのノイズは全て無視し、咲茉ちゃんのことに集中すると決める。

そして、歩くこと数分――。

「え……本当に、ここ？」

「ですの」

連れてこられたのは、生徒指導室の前でした。

な、なんでこんなところに……まさか！

(小金崎さんがここに囚《とら》われている……とか!?)

だったら咲茉ちゃんの落ち込みようも理解できる。

小金崎さんは言わずと知れた、由那《ゆな》ちゃんに並ぶレベルの優等生だ。

もしもこの高校に風紀委員という制度があれば、間違いなくその委員長として君臨し、多くの生徒に恐れられていたことだろう。

あっ、でも、本当はすっごく優しい人なんです！　タイプで言うと、我らが担任、みきちゃんに似てるかも。

一見、クールで淡々とした落ち着いた性格に見えるけれど、その中ではホスピタリティに溢れているっていうか。……いや、隠されているなら溢れているは変かも？　なんか、上手《うま》く表現しようとして完全に失敗したような……。

……とにかく、品行方正って言葉がよく似合うイメージの小金崎さんが、生徒指導室に囚われているというのであれば、確かに大事件だ。

ましてや、彼女を慕う咲茉ちゃんからしたら、すぐにでも助け出してあげたいって焦るのも無理はない。

（でも、それこそわたしに何かできることある……？）

生徒指導室。それは一介の生徒には侵すことのできない領域。不可侵領域!!

……大事なことなので二回言ったけれど、とにかくこの状況は厳しい。

確かにこの学校で生徒指導室と一番なじみ深いのはわたしだろう。よく成績が悪くてみきちゃんに呼び出されているから。

でも、だからこそ怖さも知っている。ましてやわたしとは全く真逆、しっかり者で生徒指導室とは絶対縁のなさそうな小金崎さんが呼び出されるなんて……中で何が巻き起こっているのか全く想像がつかない！

いくら咲茉ちゃんのためならなんでもしてあげたい主義なわたしとしても、こればかりはどうしようもないよね――。

「ヨツバ……」

「任せて！」

あああっ！　なんで自信満々に胸叩いてるの、わたし!?

でも、こんな風にちょっと涙目な上目遣いで、すがるように袖を引っ張られたら……こんなのもう、やるしかないじゃないですか!?

そしてこうなったからには、もう悩んでいる場合じゃない!!

この状況、悩んでも気持ちが後ろ向きになるだけだし、一秒でも咲茉ちゃんに悲しい顔をさせたくないし――。

「し、失礼しますっ!!」

わたしは全く考えなしに、生徒指導室のドアを開けた！

……の、だけど…………？

「え？」

中には、小金崎さんも先生もいなかった。

逆に、見知らぬ女の子がいた。

座っているから正確には分からないけれど、身長はわたしよりも少し低いくらいだろうか。

女の子。
大きなメガネと、可愛《かわい》らしいそばかすが、咲茉ちゃんとはまた違った幼さを感じさせる
そんな彼女は、突然入ってきたわたしに驚きもせず、腕を組み、不敵な笑みを浮かべている。

「……あれ？」

部屋を間違えた……？　でも、さっき咲茉ちゃんに確認もしたし……。

それに、この女の子の悠然とした態度、明らかにわたしが来るって分かっていた感じに余裕があって……ま、まさかっ！

「もしかして……小金崎さん!?」

わたしは閃《ひらめ》いた。

即《すなわ》ち、このメガネを掛けた少女が、小金崎さんなのだと！

確かに小金崎さんとこの少女は全く似ていない。まるで別人だ。

けれどそれこそが罠《わな》！　逆転の発想！

普通に考えたらありえないことが起こった。だから咲茉ちゃんは焦っていたのだ！

「………………」

少女――否、小金崎さんはメガネの奥で目をパチクリさせる。

そして、数秒、十数秒の時が流れ……疲れた感じに溜息を吐いた。小金崎さんっぽい！

「すぐに気が付くとはさすがわね、間《はざま》さん」

「やっぱり小金崎さんだったんだ！って……さすがわね？」

なんだか口調が、変？

ちなみに声も全然小金崎さんじゃなかった。小金崎さんの声はすっと通る落ち着いた雰囲気の声だけれど、この少女版小金崎さんの声は妙に高くて幼い感じ……俗に言うアニメ声というやつだろうか？

「こっほん。貴方《あなた》の推察通り、このワタクシこそが小金崎舞《まい》よ。驚いたかしら」

「お、驚きました！　でも、どうしてそんな姿に……？」

「話せば長くなる。あれは夏休みの最中のこと……」

「えっ、始業式の日に会ってるんだし、夏休み中なのはおかしくないですか？」

「ぐっ……!?」

小金崎さんが大きく仰《の》け反った。

そしてなぜか、「そういうことは先に言ってよ」と言いたげな目で睨《にら》んできた。

「い、今のは言葉の綾《あや》だ！　つまり……そう！　ワタクシ小金崎舞にとって、こんな平日も夏休みのように余裕シャキシャキって感じのことを言いたかっただけだ、わね！」

「なるほど、さすが小金崎さん」

「…………」

ちゃんと頷《うなず》いたのに、なぜか残念なものを見るような目を向けられた。なんで？

「まぁそんなこんな、あれやそれや、カクカクシカジカ、すっとこどっこいがあったりなかったりして、ワタクシ小金崎舞はこの体の持ち主とゴッツンコしてしまい、気が付いたら、『もしかして、私達《たち》、入れ替わってるゥ〜!?』状態になってしまったわけでありますのよねぇ」

「あの、口調が変なのもその影響ですか……?」

「へ、変……まあ、そうと言えなくもないかもしれないかもしれない……ネっ!」

パチーン、とウィンクする小金崎さん(少女の姿)。

……なんかおかしい。これは本当に小金崎さんなんだろうか。

普段の彼女なら……いや、たとえ変になったとしても、こんな行動はきっと取らないと思う。

小金崎さんと一緒にいると、常に自分らしさを保とうとするプライドを感じさせる。

わたしはそういうカッコいい小金崎さんに、密《ひそ》かに憧れていた。

けれど、今目の前にいる彼女からは、その感じはまるでしない……というかまるで別人だ。

と、いうことは!

「もしかして……貴方、小金崎さんじゃないですねっ!?」

「な、なにーッ!?」

犯人を名指しする名探偵ばりに、びしっと人差し指を突き立てると、小金崎さん(偽)は大きく身じろいだ。

「小金崎《こがねざき》さんのフリをして、わたしを騙《だま》そうなんて……わたしだったから引っかからなかったものを！　このお間抜けさんっ！」

「ぐぬぬ……！　よもや気付かれるとは一生の不覚…………いや？　ちと待て」

「はい？」

「そもそも、きみが勝手に誤解したんじゃないか？」

「……ん？」

「どこからどう見てもボクは小金崎舞じゃないだろ。性別が女だってこと以外、共通点を探す方が難しくないか？」

「いや、でも、だって……」

わたしは、わたしをここに連れてきた咲茉《えま》ちゃんを見る。

「この人はカイチョーですの」

「……怪鳥？」

人間ですらなかった……？

「いや、絶対誤解してるな、きみ。ボクは会長。会うのが長いと書いて、会長さ！」

「会長……生徒会長!?」

「ノン！」

ちっちっちっ、と舌を鳴らし、人差し指を横に振る、会長（偽小金崎さん）。

「ボクはね、マイーアントワネットの同志なんだよ」

「まいー……なんですって？」

「マイーアントワネット。当然、小金崎舞氏のことだぞ」

「何が当然なんですか!?」

全然分からなかったけれど、どうやら小金崎さんのあだ名らしい。

でも、あの小金崎さんをあだ名呼びなんて……この人、小金崎さんと相当仲が良いんじゃ。

「まあ、本人からは呼ぶたびにすっごく嫌そうな顔されるけどね！」

「全然受け入れられてない!?」

「アッハッハッハッ！」

いや、よく高笑いできるな、この人!?

もしもわたしが小金崎さんに嫌そうな顔されたら……心臓が酢橘《すだち》くらいキュッてなると思う。

「あの、同志っていったいなんの……ん？　会長……？って、まさか!?」

「ほう、何か思いついたみたいだね。どうせ間違ってると思うけど言ってみたまえよ」

「聖域ファンクラブの会長さんですかっ!?」

「当たってる!?」

なぜか凄《すご》くビックリされた。

でも当たってた！　この人が、小金崎さんが副会長を務める聖域ファンクラブの会長さん!?

「きみ、当てようと思えば当てられるんだな……。ボクをマイーアントワネットと勘違いするなんて無茶苦茶してたから、てっきり全部間違えるタイプの人間かと騙されたぜ。やるな、コンチクショウ！」

なんだかすごく感心されてる……!?

そりゃあ間違えてばかりですけど、たまには当てますすよ。ここぞという時には！

「まあ、いい。というわけで自己紹介タイムだ！　ボクの名前は菱餅朱音《ひしもちあかね》！　永長《えいちょう》高校三年生にして、聖域ファンクラブの会長を務めている者だ！　どうか遠慮なく、『モッチちゃん』とあだ名で呼んでくれたまへ！」

「へ、あ、はぁ……？」

薄々勘づいていたけれど、この人……なんか、すごくテンション高い人だ！

「『モッチ』のイントネーションは『ぼっち』と同じだよ。あっ、で、でもボクはぼっちじゃないぞ!?　こう見えてメチャクチャ人たらしというか……誕生日にはたくさん祝われ、クリスマスやバレンタインのたびに使い切れないいくらいのプレゼントをもらってるしね!?」

使い切れない……プレゼントを？……妙だな。

わたしは訝《いぶか》しみつつも、疑問は口にせず流すことにした。

だってわたし、友達がなんなのか判断できるほど、友達いないし。

「ちなみに趣味はアニメ観賞とゲームかな。まぁ、どこにでもいる普通のオタクだと思っていただければ恐悦至極だよ」

「そ、そうですか……あ、わたしは間四葉《よつば》です……」

ひとつひとつ言葉のテンションが高くて、わたしはただ名前だけ言うので精一杯だった。

ろくにあだ名なんかないし（真希奈《まきな》が読んでくれる『ようちゃん』くらい）、趣味もあまり……少なくとも、この熱量に立ち向かえるほどのものはない。

「おや？　ちゃん咲茉、どうしたんだい。四葉氏の後ろに隠れて」

「えっ、咲茉ちゃん？」

会長さんの言葉に釣られて振り向くと、確かに咲茉ちゃんがわたしを盾にするようにして、背中に隠れていた。可愛い。

「お姉さまがカイチョーとはあまり話すなって言ってたですの」

「ガビーン！」

その効果音、口から出す人いたんだ。

「ボクはショックだよ、ちゃん咲茉……それってマイーアントワネットがボクのこと警戒してるって意味じゃないか……」

ぐったり肩を落とし、俯《うつむ》く会長さん。

けれど、そんな落ち込んだ仕草はほんの一瞬で、すぐに跳ねるように顔を上げた。

「なーんて、それもマイーアントワネットの愛の形だって、知ってるけどね！　ダッハッハッ！」

すっごいポジティブ！　でも、小金崎さんが警戒するに足る、苦手そうなタイプだなとはわたしも少し思ってました。

「さてさて、そんな話をしつつもね、実は今日、この席を用意してくれたのはちゃん咲茉なんだよ」

「え……会長さんが呼んだんじゃないんですか？」

「おいおい、会長さんなんてやめてくれよ。聖域ファンクラブの会長は確かにボクさ。でも、ボク自身は何の特徴もない、どこにでもいる地味で地味な、一介のアニメオタクだぜ？」

「地味っていうか……めちゃくちゃ濃いと思いますけど……」

しばらく忘れられない、というか今日夢に見そうな強烈なキャラをしている。

「そもそもボクのことは、モッチちゃんと呼んでくれと言ったじゃないか」

「い、いえ、でも、先輩だし……」

「じゃあ先輩命令！」

「ぐう……!?」

基本ぼっちで生きてきたわたしにとって、『先輩』というのは全く未知の存在だった。部活とか、年功序列のコミュニティに属したことなんかないし……基本的に危険なものからは常に逃げてきたから。

多少人付き合いが広がった最近でも、由那《ゆな》ちゃん、凜花《りんか》さん、真希奈、そして小金崎さんは同級生。咲茉ちゃんは一個下の下級生。妹達も当然年下。

先生であるみきちゃんと関わりがある年上なんて親か先生くらいなものだ。

ちゃんと関わりがあるみきちゃんとは比較的仲良くしてもらってる気もするけれど……いや、忘れちゃいけない。それは仕事だからだ。

いわば、先生と生徒の関係なんて、コンビニの店員さんと客みたいなもの！　仲良くなったなんて勘違いしたら、みきちゃんに迷惑だ！

………と、脱線してしまったけれど、とにかくわたしは先輩という生き物との付き合い方を全く知らないってこと。

ただ、目上の存在であるとされる先輩という生き物の放つ命令は、比較的大変じゃないものなら逆らわないのが吉っていうのは、なんとなく理解している。

火のないところに波風立たない、というやつだ。

なのでそれに従うならば、今回も……大人しく従うのが吉。

「も……モッチちゃん」

「うほっ！」

うほ!?

「いいねぇ〜！　チミ、いいねぇ〜！　その恥じらいのある初々しい感じぃ！　最高にそそるぜ、ぐへへへへ……!!」

「へ、変態だ!?」

会長さん――モッチちゃんはいやらしい目つきで、にやにやと口元を緩める。

身の危険を感じたわたしは一歩引きつつ、警戒心を強めた。

……………ちなみに、こういう状態、たまに由那ちゃんもなったりする。そして抱きついてきて、みたいな。当然、二人きりの時限定だけれど。

「ほら、もっと呼んで！　呼んで！」

「……モッチちゃん」

「もっと！」

「モッチちゃん」

「もっともっと！」

「モッチちゃんっ！」

わたしは煽《あお》られるまま、あだ名を呼ぶ。

もっととモッチが頭の中でごちゃっとして、途中からどっちを言っているのか分からなくなってしまったけれど……たぶん、モッチちゃん側も同じだったと思うのでこれはセーフ。

……なんだかこれだけなのに凄く疲れた。そもそもわたし、知らない人と話すのはあまり得意じゃないんだ。対人経験少なめだし。

ああ、家が恋しい。早く帰りたい――。

「……ヨツバ、ヨツバ」

「あっ、ごめん、咲茉《えま》ちゃん！」

話がごちゃってなって忘れてた！　今気にすべきは、小金崎さんのことだ。

「ごめんごめん、ちゃん咲茉。じゃあ本題に入ろう。この部屋もいつまでも使えないしね」

「そういえば、どうして生徒指導室に……？」

「フフン。知りたいかい、よつバンド」

「…………いえ、やっぱりいいです」

この部屋を使っている理由に加えて、突然つけられたあだ名が全然可愛《かわい》くないことに抗議したくなったけれど、また長くなりそうなのでぐっとこらえる。

「まぁ単純に、こっそり使ってるだけなんだがね。バレたらめっちゃ怒られる！」

「駄目じゃないですか!?」

「だって誰も使ってないんだし、別にいいじゃんね？」

ケラケラ笑うモッチちゃん。

確かに誰も困らないかもしれないけれど……なんだか犯行の片棒を担がされたみたいで、正直聞かなきゃ良かった。

（もしも本当に先生達《たち》にバレたら……うん、全部この人に押しつけて、咲茉ちゃんと一緒に逃げよう）

そう決意しつつ、いつでも走り出せるよう咲茉ちゃんの手を握る。

「……？」

咲茉ちゃんは首を傾《かし》げつつ、わたしの手を握り返してくれた。天使じゃん……。

「そんで、マイーアントワネットのことね。ちゃん咲茉がボクからよつバンドに話して欲しいっていうからさ」

「……もしかして、貴方《あなた》が何かしたんですか？」

「ち、違うよ？　それは誤解！　ボクは何もしてないさ！　ね、ちゃん咲茉？」

「カイチョーはなにもしてないですの」

咲茉ちゃんは首を振って否定する。

「お姉さまの力になれるのはきっとヨツバだけですの。でも、わたくしじゃお姉さまのこと、たぶんちゃんと話せないですの……だから、おしゃべりなカイチョーに頼んだですの」

「はーい、お喋《しゃべ》りな会長でぃす！」

その人選は正解だったのだろうか……と、失礼ながら思ってしまった。確かにおしゃべりは上手《うま》そうというか、口が回りそうだけれど。

というか、咲茉ちゃん相手だったら、どんなにたどたどしくとも頑張って聞くのになぁ。

なんだかちょっと信頼されていない感じがしてしまって、少しショックかも……。

「こほんっ。いいかな？」

「あ……はい。お願いします」

っと、今は小金崎《こがねざき》さんが優先！　何回目か分からないけれど、わたしはまたもや気を引き締める。

「さて……単刀直入に言うと、マイーアントワネットは少々病んでしまったようでね」

「えっ!?　インフルエンザとか……？」

「そういうのじゃなくて、精神的なアレさ」

「精神的なアレ……って、どうして」

「原因は、ちゃん咲茉に代わり、ボクが説明している時点で気付きそうなものだけど？」

「まさか……聖域が関係している……？」

モッチちゃんと小金崎さんの共通点は、ずばり聖域ファンクラブ。その会長と副会長であるということ！

「それだと半分だね」

「えっ、他に何が……」

「この二学期に入って、聖域を取り巻く環境は大きく変わっただろう？」

「あ……」

「そう、小田《おだ》エクス真希奈くんだ」

……この人、もう真希奈にもあだ名つけてるんだ……たぶん面識ないだろうけど。

そして今更だけれど、結構みんなに仰々しいあだ名をつけてるのに咲茉ちゃんはシンプルにちゃん咲茉なんだな……。

　でも確かに、咲茉ちゃんは単体で完成されているので、余計な味付けは不要というのには納得がいく。

「かく言うボクは、かつてとあるアイドルグループを推していた時期があってね。結構アイドルにも詳しい口だが……まさか本物のアイドルが転入してくるなんてビックリさ」

「あの、小金崎さんの話……」

「おっと、そうだな。ボクの昔話はまた今度、時間を改めてってことで」

　改めて、するんだ。

　まぁモッチちゃんがどんな人なのか、正直ちょっと、いや結構気になってきてはおりますが。

「身内の恥を晒《さら》すってわけでもないんだが、実は今、聖域ファンクラブは分裂の危機にあるのさ。ズバリ、聖域に小田エクス真希奈《まきな》を入れてしまうべきじゃないか、って話でね」

「聖域に入れる……？」

「そんで、聖域はあくまで百瀬《ももせ》由那と合羽《あいば》凜花の二人のものだっていう人達と反発し合っちゃってね。つまり、革新派と保守派に分かれて、両者の間には結構深い溝ができちゃってるってハナシ」

　クラス内で感じていた、由那ちゃんと凜花さんと真希奈、三人を合わせて見守る感じは、ファンクラブ内ではもっと大きな問題になってしまっていたらしい。

「まぁ、どっちの言い分も分かるよ。革新派は単純に推しの人数が増えればそれだけ幸せも倍増だし、カップリングの妄想にも幅が生まれるからね。推しは多ければ多いだけ、自由なだけいい。自分達で縛りを設けてしまうのは、窮屈で息苦しいだろう」

「はぁ……」

「対し、保守派側の主張も分かるんだ。小田エクス真希奈をあの二人と一緒くたにしてしまうのは果たして正しいんだろうか。そもそも聖域は由那様と凜花様、お二人が幼馴染《おさななじ》み同士であるという長く固い絆《きずな》で結ばれていることから生み出される尊さによって形作られているものだ。しかし、小田エクス真希奈という外来種を招いた場合……アメリカザリガニが日本中に放たれたことで生態系が崩れたように、聖域の形も取り返しがつかないくらいに、姿を変えてしまう危険性があるのさ!!」

二人を様付けで呼んでいるのはちょっと気になったけれど、今は一旦無視。

理解できていないことも多いだろうけれど、今までの日常が真希奈の登場で変わり始めていることは、わたし自身も感じるところ。

ファンクラブの人達にも色々あることは、なんとなく理解できた。

「マイーアントワネットはファンクラブ内での信頼も厚くてね。両陣営、彼女を味方に引き込んだ方が勝つ、と思っているみたいなんだ。んでもって、それぞれ自分達が正しいと日々プレゼンを重ねているらしい」

真希奈の登場で生まれた変化——ファンクラブ内に生じた歪《ゆが》みに最も煽られたのが、副会長である小金崎さんだった。

　なんとなく話が見えてきた気がする……あれ？

「小金崎さんにプレゼンって、モッチちゃんは何してるんですか？」

「ボクは規律を制し導くリーダーってより、みんなと一緒にワイワイやるのが好きなタイプでね。そういうルールとかを纏《まと》めてくれてるのはマイーアントワネットであって、だからこういう話はあんまりボクには集まってこないのさ。えへん」

　自信満々に言われても困る。

　でも、それって現状、小金崎さんはたった一人で、その二つの派閥に板挟みにされてるってことだよね!?

「どちらかを立てれば、それはどちらかを折るということ。そして両者の意見は、互いに対極に存在するものだ。このままじゃファンクラブは二つに割れる。ボクは別にそれをみんなが望むなら、それもやむなしだと思っちゃうんだけどね。マイーアントワネットはなんとか上手く収められないか悩んで、大分苦しんでいるみたいでね」

「でもまだ、まき……小田さんが転入してきて三日しか経《た》ってないのに、あの小金崎さんがそんなになるなんて……」

「だからこそだよ。たった一日で状況がめまぐるしく変わっていくんだ。その変化に追いつけなくて、答えも出せなくて、もしかしたら明日はもっと状況が悪くなっているかもしれない。彼女は利口で、その分人より多くのことを考え、予想できてしまうからね。だから頑張らないと、考えないとって焦って……あの子は上手く人に頼れる子じゃないから」

モッチちゃんはそう言って溜息《ためいき》を吐《つ》いた。

もしかしたらモッチちゃんもモッチちゃんなりに、小金崎さんを助けようとしたのかもしれない。

でも、確かに小金崎さんは、手を差し出されても素直に握り返すような人じゃない気がする。

わたしの知る小金崎さんはすごく強くてカッコよくて……なんて、助けられてばかりのわたしだから、余計そう思うのかもしれないけれど。

「……あの、ファンクラブの状況はなんとなく分かりました。でも肝心の、小金崎さんは今どうしているんでしょうか……？」

「それはボクより、ちゃん咲茉に聞くのが早いぜ」

モッチちゃんに話を振られた咲茉ちゃんを見ると……やっぱり悲しげに俯《うつむ》いてしまっていた。

「お姉さまは、学校、お休みしてるですの」

「それって、今会長さんが言った理由で？」

「……ですの」

小さく、咲茉ちゃんが頷《うなず》く。

休むほど思い詰めている……ってこと、だろうか。

一瞬大げさにも感じたけれど、でもなんだか共感できるかもしれない。

わたしも数学のテストとかで問題解いてる最中に思考がこんがらがって、式を追いながら「あれ、今なにやってたっけ。次、何やればいいんだっけ」って頭の中がぐちゃっとして思考停止してしまう……っていう感じのことがよくある。

そういう時は問題を解くこと自体諦めちゃって……それと同じかは分からないけれど、ファンクラブの問題に直面した小金崎さんがその問題から逃げるには、もう学校を休む以外にはなかったのかもしれない。

「ボクだってこう見えて結構心配してるんだ。あの子はボクと違って簡単に学校をズル休みするタイプじゃあないからね」

モッチちゃんはズル休みする人なんだ……。

「心配して電話を掛けてみても、素直に胸の内を打ち明けてくれるタイプでもないだろう？　一応は会長と、彼女の上の立場にいるボクにも、後輩として可愛がっているちゃん咲茉にも、『大丈夫』と白々しい嘘《うそ》で誤魔化そうとするに決まってる」

「ですの……」

「だから、きみに白羽の矢が立ったんだ。よつバンドくん」

「わたし？」

「聞けば、副会長はきみに大層心を開いているようじゃあないか」

「そ、そうですかね……？」

そりゃあ、小金崎さんは間違いなく友達だ。

でも、悩みを打ち明けられるほどに信頼されているかというと……たぶん、それほどじゃない。というか、いつもわたしの方が相談して、迷惑かけてばかりで、呆《あき》れられているって方が正しいと思う。

「きっとヨツバなら助けられるですの！」

でも、そんなわたしに、咲茉《えま》ちゃんは一切混じりけのない、真《ま》っ直《す》ぐな期待の眼差《まなざ》しを向けてくれる。

わたしも小金崎さんが困っているなら、たとえ頼ってもらえなくても、力になりたい。自信はなくとも、それがわたしの正直な気持ちだ。

それと、真希奈の転入によって生じたわたしの悩みも解決していないけれど……でも、小金崎さんと一緒に考えれば、お互い、何か答えとか、そうでなくても解決のための糸口を見つけられるかもしれない！

「わたし……やる。何ができるか分からないけれど、とにかくやってみるよ！」

「ありがとうですの、ヨツバ！」

おうふ……！

咲茉ちゃんに抱きつかれ、意識が飛びかけた。もちろん良い意味で……何が良い意味で、何がもちろんかは自分でも分からないけれど。

「ねえねえ、ちゃん咲茉。一生懸命副会長のことを説明したボクには、感謝のハグはないのかな～？」

「お姉さまがカイチョーとはあまり話すなって言ってたですの」

「ガビーン！」

つんっと顔を背ける咲茉ちゃんに、ショックを受けるモッチちゃん。

さっきから思ってたけれど、その擬音、古すぎない……？

「なんて、冗談ですの。カイチョーも、ありがとですの！」

「『はうっ！』」

ツンツンしてみせてからの、エンジェルスマイル!!

緩急が加わって、その笑顔はいつもの何倍増しに輝いて見える。思わずわたしまでドキッとしてしまうくらいに！

こんなハイレベルなテクニックを持っていたなんて……これはもはや小悪魔！

小悪魔咲茉ちゃん爆誕の瞬間だ!!

「良いものを見せてもらった……我が人生に一片の悔いなし！」

「か、会長さん……!?」

安らかな表情を浮かべつつ、天を仰ぐモッチちゃん。

心なしか、灰のように白くなって見える。

「ヨツバ、そうと決まればすぐに行くですの」

「えっ!?　モッチちゃんは放っといていいの……？」

「お姉さまより優先するものなんてない、ですの！」

「そっか……そうだよね！」

そりゃそうだ！

というわけで、わたしは咲茉ちゃんに手を引かれ、生徒指導室を後にした。

灰になった会長さんが、その後どうやって生徒指導室を出たのかは知らない。

もしかしたら、先生に生徒指導室を無断使用しているところを見つかって怒られてしまったかもしれないけれど……全て闇の中である。


ワタシ、ナニモシリマセン。

さて、そんなこんなで『小金崎《こがねざき》さんを助けるぞ会』を発足したわたしと咲茉ちゃんは、早速その足で小金崎さんの家までやってきていた。

「ほええ……」

そびえ立つ高層マンションを下から見上げながら、わたしは間抜けな溜息を吐いた。

以前、夏休みに咲茉ちゃんと偶然会ったのをきっかけに、小金崎さんに妹達《たち》について相談したことがある。

その時、小金崎さんはお祖父《じい》さんに用意してもらった高級タワマンに独り暮らしをしている、と教えてもらった。

改めて考えると、本当に絵に描いたようなお嬢様って感じだ。確かに気品的なものも感じるような。

「ヨツバ、どうしたですの？」

「いや、なんか緊張しちゃって……」

「きんちょう、ですの」

先を歩いていた咲茉ちゃんが、テコテコとこちらに戻ってくる。

そして、手をぐっと伸ばし、わたしの頭……というか、おでこに触れた。

「だいじょぶ、ですの」

「咲茉ちゃん……？」

「こうやってなでなでされると、緊張なんてどこか飛んでっちゃうですの！」

うはぁ……！

咲茉ちゃんの真心が伝わってきて、わたしのネガティブな感情を解きほぐしてくれる。

というか、それ以上の破壊力！　全世界の咲茉ちゃんファン《わたし》が夢中になるわけだ……！

特にわたしはネガティブに陥りがちなので、定期的に、一時間に一回くらい、こうやってわたしをなでなでしてくれるバイトとか、引き受けてくれないかな。だめかな。

「元気、でたですの？」

「でた！　でたでたでたでたでたでたっ!!」

ハッ!!

元気出すぎて口からも出てしまった！

必死に、鼻息荒く、多分目も血走らせて、思いっきり前のめりに頷くわたしに、さすがの咲茉ちゃんもドン引き――。

「よかったですの！」

は…………？

嫌な感じなんて一切出さず、にこーっと笑顔を返してくる咲茉ちゃん。

そのピュアッピュアな輝きが世界を包み込み、わたしは世界がホワイトアウトしていくのを感じつつ、消滅した。

ありがとう、咲茉ちゃん。咲茉ちゃんがナンバーワンだよ……！

◇◇◇

それから意識を失い、咲茉ちゃんマジ天使ｂｏｔと化したわたくし、間四葉《はざまよつば》でありましたが、気が付けば咲茉ちゃんに手を引かれるがまま、小金崎さんの部屋の前まで来ていました。

マンションのエントランスからここに至るまでの道筋……もう思い出せない。なんとなくエレベーターに乗ったのは覚えているけれど。

思い出せるのは咲茉ちゃんのすべすべな手のひらとその温かさだけ。

ああ、咲茉ちゃん咲茉ちゃん咲茉ちゃん咲茉ちゃん……。

「ヨツバ、大丈夫ですの？」

「う、うん。いつも通りだよ！」

そう、いつも通り。悲しくなるくらい、いつも通りだ。

「えっと、小金崎さんには連絡したんだっけ？」

「してないですの」

「えっ！　いきなり押しかけちゃっていいの!?」

「だって、言ったら駄目って言われちゃうですの」

わたしは拾ってきた捨て犬か何かかな？

ちゃんとお世話するって駄々をこねる咲茉ちゃんと、元のところに戻してきなさいって叱る小金崎さんの姿がはっきり目に浮かぶ。

でも結局小金崎さん側が折れて、わたしは晴れて小金崎さんちで飼われることになるのだけど……咲茉ちゃんは元々の自由奔放な性格が災いし、たまにわたしのお世話を忘れてしまうのである。

なので、代わりに小金崎さんが「しょうがないわね」って言いながらわたしに首輪をつけて、散歩に連れて行ってくれるのだった。つづく。

——ピッ。

なんて言っている間に、咲茉ちゃんは小金崎さんちの鍵を開ける。

近未来テクノロジーな感じの、指紋センサー式だ。ちゃんと咲茉ちゃんの指紋も登録されているみたい。

わたしも飼ってもらえるようになったら、登録してもらえるのかな……？

「ヨツバ、ちょっと外で待ってるですの」

「え？　あ、うん……」

一旦、咲茉ちゃんだけが入るらしい。

高級タワマンの居室お披露目は一旦お預けだ。

……というか本当に、捨て犬として拾われたみたいな、そんな気がしてきた。

そして、一人廊下に残されるのは……本来セレブしかいないであろうこの場において、場違い感があり、孤独を余計に引き立たせる。

一応、他には誰もいないけれど、もしも誰か来て、ぼけーっと突っ立ってるわたしを見つけたら、絶対不審者って思うよね!?

(なにか……なにか、ここにいても自然な行動は……!)

ぽく、ぽく、ぽく、ぽく。降りてこい、一休さん並の閃《ひらめ》き……!

「……そうだ!」

わたしは鞄《かばん》を漁《あさ》り、ノートとシャーペンを取り出す。

本当ならえんぴつの方がそれっぽいけれど……致し方なし!

「ほうほう、こういう装飾かぁ。なるほどねぇ……!」

わたしは廊下の壁、なんかこう……良い感じに施されている装飾を眺めつつ、ふむふむ頷《うなず》く。

そう、今のわたしは、廊下の壁の装飾職人を志す若者!

セレブが集うこのタワマンの廊下がどうなっているか、後学のためにスケッチしているのだ!

(ふふふ。これなら誰も不審者に思うまい……!)

この場にいる目的ははっきりしているし、泥棒とかに間違われて通報されるみたいな、そういう事態にはならないはず！

完璧だ。完璧すぎる擬態だ！

もしかしたらわたし、スパイとか怪盗とか、そういう方面での才能も眠っていたのかもしれない。

「じー……ですの」

「わっ!?　え、咲茉ちゃん、いつの間に戻って……!?」

「わたくしより、ヨツバ、なに見てたですの？」

わたしの隣りに、相変わらず音もなく座り込んでいた咲茉ちゃんは、わたしが観察していた壁の装飾をまじまじと眺めている。

「なにも面白いものはないですの……」

そして首を傾《かし》げる……うん、そうだね。

わたしは途端に、さっきまで変に浮かれていたのが恥ずかしくなった。

廊下の壁の装飾職人を志す若者ってなに？　自分でも数秒前の自分が理解できない！

「あ、えと、そのね……」

残ったのは、壁の装飾をスケッチしようとしている哀れなわたしだけだった。

でも、そんな哀れなわたしをも理解しようと、咲茉ちゃんは真《ま》っ直《す》ぐな眼差《まなざ》しを向けてくる。

そんな咲茉《えま》ちゃんの期待に、わたしは応える義務がある！

だから……もう一度降ってこい、一休さん……！

「まぁ、ヨツバが変なのはいつものことですの」

「咲茉ちゃん!?」

そんな風に思ってたの!? 完全に身から出た錆《さび》だけど、それでも普通にショックだ！

「そんなことより、準備できたですの！」

「え、準備って？」

「ですの！」

咲茉ちゃんが手を引っ張ってくる……小金崎さんの家の中へ!?

そんな、こんなぬるっと入っちゃっていいの!?

「お、お邪魔しま～す……」

部屋の中、少なくとも入ってすぐの廊下は真っ暗で、わたしは寝起きドッキリの仕掛け人の如《ごと》く、小声でそう挨拶をする。

は、入ってしまった。いいんだろうか。本当にいいんだろうか。

「こっちですの」

咲茉ちゃんはすぐそこのドアを開け、わたしを入れる。

そこは……脱衣所だった。だ、脱衣所!? 脱衣所ナンデ!?

「え、咲茉ちゃん？ 何を……」

「これに着替えるですの」

「えっ」

なんか、着替えを手渡された。準備っていうのはこれのこと？

「ええと……どうして着替えを？」

「ヨツバ、制服着てるですの」

「あ、うん。だって学校からそのまま来たし……」

「これが、このお部屋での制服ですの！」

な、なんと！

さすがセレブの住まう高級タワマン……服の指定があるなんて。

でも驚くような話じゃない。高級レストランとかだと、着てくるべき服が定められた、いわゆるドレスコードというものが存在しているって聞いたことがある。

色々きっちりした小金崎さんだ。以前、夏休み中にも拘《かか》わらず、わざわざ制服を着て出てきたというエピソードもある。

そんなきっちりした彼女の家なら、やはり咲茉ちゃんの言う通り制服が存在していてもおかしくない。むしろ存在していない方がおかしい！

郷に入りてはなんとやら。ローマの道は大体ローマ！

「う、うん、分かった。ありがとう、咲茉ちゃん！」

「ですの！」

ぐっと頷き、咲茉ちゃんは出て行く。

そして一人、脱衣所に残されたわたしは、ここで初めて渡された服を広げ――。

「……ひょえ？」

なんとも、間抜けな声を漏らしてしまった。

◇◇◇

「ヨツバ、似合ってるですの！　可愛《かわい》いですの～！」

ひとつ、救いがあるとすれば、咲茉ちゃんが天使科天使属だったことだ。

彼女に悪意という感情は存在せず、なぜかわたしに懐き、慕ってくれている。

そんな彼女には当然、わたしを可愛らしい笑顔で騙《だま》し、笑いものにしてやろうなんて、そんな気は一切ないのである。

だから、これは百パーセントの善意。もしくは、善悪に左右されない至って常識的な行為なのだ。そうに違いない。

「に、似合ってないよ……」

わたしはそんな咲茉ちゃんの意志を無碍《むげ》にしたくなくて、とりあえず一旦コレを着てみたけれど……でもすでにメンタルはボロボロだ。

咲茉ちゃんは褒めてくれるけれど、絶対似合ってない。間違いなく服が泣いてる。

こういうのはもっと可愛い子……例えば、目の前の咲茉ちゃんみたいな子が着てこそ、価値があると思う。

「似合ってるっていうのは、咲茉ちゃんみたいなのを言うんだよ……？」

「ですの？」

咲茉ちゃんが首を傾げる。ひょこっとヘッドドレスが揺れる。可愛い。

「でも、わたくしが似合ってても、ヨツバが似合ってないとはならない……ですの」

こめかみに人差し指を当てつつ、言葉を絞り出す咲茉ちゃん。

これは気を遣っているとかじゃなく、わたしの返しが難解だったから困らせてしまったみたい。

でもさ。これ、わたしじゃなくても同じ風に思うはず。

……もう、勿体《もったい》ぶらずはっきり言おう。

今、わたしと咲茉ちゃんが着ているのは……黒と白のコントラストが実に映える、言わずと知れたコスプレ界の女帝。


メイド服である!!


……メイド服である…………。

わたし、間四葉、十六歳。

まさかこんなタイミングで、生まれて初めてのメイド服を着ることになるなんて。

しかも——目の前に、メイド服の正解がいる状態で……!!

「わたくしは、ヨツバ、可愛いと思うですの！」

そう褒めてくれる咲茉ちゃん。

彼女もわたしと同じメイド服を着ているけれど……その着こなし、似合い方は天と地ほどの差がある。

スウェーデンの血が流れる咲茉ちゃんは、まさにメイドの本場を感じさせるほどの完成度だ。

正直、彼女ほどのレベルなら何を着ても似合うと思う。

けれど、今日の文化祭の出し物決めの時に『メイド喫茶』なんて候補が挙がるくらい、メイドという存在が広く浸透した現代日本において、その本場感、正統派感はとてつもない価値を持つ。

今、日本に足りないもの……それは咲茉ちゃんだ。

わたしはそう強く思う。もしも街頭で訴えたら、説得力のあまり総理大臣にだってなれちゃうかもしれないってくらい、思うのであります。

あ、わたしのメイド服？

一言で言っちゃうと、学生ノリの悪ふざけって感じかな……。

咲茉ちゃんがロングスカートの、正統派メイドさんって感じなのに対し、わたしのはなぜかミニスカというのも、陳腐さを助長させているというか……いや、ミニスカメイドさんが悪いわけじゃないんです。わたしという素材が良くないんです。

「……というか、咲茉ちゃん。これが小金崎《こがねざき》さんちの制服なの？」

「お姉さまをお世話する者の正装、ですの！」

「にゃ、にゃるほろ……」

なんとなくではあるけれど、この服装に小金崎さんは一切関与してなさそうなのは分かった。

「さあ、いくですの！」

「い、いえっさー！」

とはいえ、郷に入りてはパート2！　来てしまったものはしょうがないし、ここまできたらもう開き直るしかない……！

小金崎さんちの勝手知ったる咲茉ちゃんに付き従い、わたしはリビングへと足を踏み入れるのだった。

◇◇◇

小金崎さんち、思ったよりも綺麗《きれい》だった。

正直言いますと、外では完璧な小金崎さんは、家の中はわりとズボラなんじゃないかと疑っていたんだけど、全然そんなことなかった！

多少の汚れ……きっと毎日掃除してないんだろうなぁ、という感じはありつつも、全然許容範囲内。それは重箱の隅を突《つつ》く程度のものでしかない。

ただ、玄関、廊下から感じていた妙な暗さというか、空気の重さみたいなのは、リビングに入ってもなお健在だった。

「というか、小金崎さんは？」

「お姉さまは……きのこですの」

「き、きのこ？」

「よくある、ですの。でも、ひさしぶりですの」

「う、うん……？」

咲茉ちゃん語が急に難解……というか、抽象的になった。

ええと、その「きのこ」という状態に、小金崎さんはよくなってしまうんだけど、最近はなかったってこと、かな？

そして久しぶりになっちゃったものだから、咲茉ちゃんも心配してわたしを頼ってくれた……という話だと思われる。

「こっちですの」

咲茉《メイド》ちゃんはわたしの手を引き、リビングから繋《つな》がる別の部屋へと引っ張っていく。

おそらく、小金崎さんの寝室だ。

「お姉さま……？」

真っ暗な寝室を覗《のぞ》き込み、咲茉ちゃんが小金崎さんを呼ぶ。

その声は、普段の咲茉ちゃんからは想像もつかないくらい、びくびくと泣き出してしまいそうな響きで……ぐっと胸につまされる。

けれど、暗闇からは返事がない。

「こ、小金崎さん？」

わたしも呼んでみた。でも、返事はない。

ただ……耳を澄ますと、誰かの息づかいは聞こえた。

「入りますよぉ……？」

状況は分からないながら、一歩部屋に踏み込む。

そして手探りで壁のスイッチに触れた。

「電気、つけますよ～？」

念のためそう聞くけれど、やっぱり返事はなし。

なので宣言通り、容赦なく電気をつけた。

「あ……」

そこは予想通り寝室だった……のだけど、小金崎さんの姿がない。

でも、やっぱり誰かの息づかいは聞こえている。

「お姉さまっ」

咲茉《メイド》ちゃんが、とてとてとベッドに近づき、こんもりと盛り上がったお布団を揺さぶる。

確かに変に盛り上がってるなぁと思っていたけれど……まさか、そこに小金崎さんが？

「お姉さま、もう夕方ですの」

「……やだぁ」

やだぁ!?

なんかお布団の中からすごく甘えた、幼げな声が聞こえてきたんですが!?

「え、咲茉《えま》ちゃん？　人違いなんじゃないかな？　小金崎さんは、きっと、そこにいないよ……？」

「間違いなくお姉さまですの」

そう言って、咲茉ちゃんは容赦なくお布団を引っぺがした！

「うっ……！」

照明の光に当てられてか、身じろいだ声。

お布団の中から現れたのは……紛れもなく、小金崎さんだった！

よく似た別人の可能性もあるけれど……いや、友達を見間違えるわけがない。

「やぁだぁ……」

ベッドの上で丸くなり、ぐじぐじと駄々をこねるパジャマ姿の小金崎さん。

まるで赤ちゃんみたいな……どうして、こんなことに!?

「きのこ、ですの」

「え……もしかして、悪い毒きのことか食べたみたいな!?」

「考えすぎて、頭からぽんぽんってきのこが生えちゃってる、ですの」

「ん……?」

ごく稀《まれ》に、マンガとかで、ぼけーっと変なこと考えている人の頭からきのこが生えるみたいな表現を見ることがあるけれど……もしかして咲茉ちゃん、そのことを言ってるんだろうか。

もちろん、実際には生えていないけれど、咲茉ちゃんの目を通せば、小金崎さんの頭にはきのこが生えて見えているのかもしれない。

わたしには見えないけれど……でも、こうやってぐずる姿を見たら、あながち冗談にも思えない。

「もう無理、しんどい……学校行きたくない……」

「普段のわたしみたいなこと言ってる!!」

衝撃だ。パラレルワールドに入り込んでしまったんじゃないだろうか。

お布団の上でうじうじしつつ、実に低俗なぐずりを見せる小金崎さん。

その姿は、モッチちゃんがわたしを騙《だま》そうと演じていたニセ小金崎さんよりもさらに、小金崎さんのイメージからかけ離れていた!

そんな彼女を見て、咲茉ちゃんは呆《あき》れるように溜息《ためいき》を吐《つ》く。

ふ、普段と立場が逆転している……!!

「あの……小金崎さん、どうしちゃったの？」

「きのこですの……」

きのこは分かったけども！

とりあえず、見ているのもつらいので、小金崎さんを残してリビングに戻る。

手持ち無沙汰なのと、一応メイド服を着た手前、簡単な掃除をしつつ……咲茉ちゃんからより詳しく話を聞き出すことにした。

「えっと、ですの……」

咲茉ちゃん語も多く、解読は簡単じゃなかったけれど……整理すると、こう。

元々小金崎さんは特別メンタルが強いタイプではないらしい。

学校では気丈に頑張っているけれど、家では（それに比べれば）だらしないらしく、裸足《はだし》で歩き回ったり、ソファに寝そべってそのまま寝ちゃったり、お風呂も面倒くさがってシャワーだけで済ましたりして。

大晦日《おおみそか》はいつも、こたつに入ってうとうとしている内に年を越すんだとか。

……正直、全然普通だと思うけれど、小金崎さんがそうだっていうと似合わない感じがするから不思議だ。

家族から信頼されての独り暮らし。でも、学業をしっかりこなしつつ、自分の世話もちゃんとしなきゃいけない……そのどっちもできていないわたしからすれば、とんでもない話で、両立できてるだけですごい。

でも、高校二年生の二学期。何かと忙しくなるこの時期に、よりにもよって真希奈《まきな》が転入してくるという、大きな事件が発生した。

後は生徒指導室で聞いた通り。ファンクラブは分裂・崩壊の危機に瀕《ひん》し、小金崎さんは各方面から意見を求められ、プレッシャーを浴び……それがトリガーとなって、小金崎さんは壊れ、『きのこがねざきさん』になってしまったのだ。

（いや、壊れたは言いすぎかもしれないけれど。……でも、学校を休むほどにメンタルを崩しちゃうのは、多分良くないよね……）

このまま、もしも小金崎さんが不登校になってしまったら、たぶん、ご家族だって心配するはず。

独り暮らしだって継続できないだろうし、もしかしたら転校させられるなんてことも起こりうるかもしれない。

それはもしかしたら、聖域ファンクラブの問題から解放されて、小金崎さんにとってのハッピーエンドかもしれないけれど……わたしは嫌だ。せっかく友達になれたのに。

（そりゃあ、外面しか見せてもらえない程度の友達、だけどさぁ……）

「ヨツバ」

溜息を吐きそうなところで、咲茉ちゃんが不安げに袖を引いてきた。

「わたくし、不安ですの」

「咲茉ちゃん……」

「実は前に、同じようなこと、あったですの」

「以前にって……もしかして中学の話？」

咲茉ちゃんがこくんと頷《うなず》く。

以前、咲茉ちゃんに拉致されて運ばれた屋上で聞いた。二人は同じ、お嬢様学校に通っていたって。

当時は「へぇ～」くらいなものだったけれど、よくよく考えてみたら、ちょっと不思議な話で。

というのも、勝手なイメージだけど、そういうお嬢様校って中高一貫とか、エスカレーター式になっている印象だ。

なのに、小金崎さんは永長《えいちょう》高校に入学し、咲茉ちゃんもわざわざ入学直後の時期に転入してきてる……気になるといえば、気になる。

踏み込んでいいのか、分からないけれど……。

「……ねえ、咲茉ちゃん。その時は、何があったの？」

「…………」

咲茉ちゃんは俯《うつむ》いて、答えてくれない。

あまり話したくないみたいだけど……たぶん、その時のことと今起きていること、その二つの共通点こそ、小金崎さんを正気に戻す手がかりになると思う。

ただ、無理やり口を割らすなんて、わたしにはできないし――。

（今の小金崎《こがねざき》さんは自分の世界に閉じこもって、外からの干渉を怖がってるみたいだった……なんか、気持ちが分かる。わたしだって経験がないわけじゃないし）

でも、そういうのは長くは続かない。

周りから身を隠し、自分を守るのって案外エネルギーを使うというか。

お母さんと喧嘩《けんか》して、「ご飯なんかいらない！」って部屋に籠もっても、お腹《なか》は空《す》いてくるもので……いつかこちらが根負けするようになっているのだ。

だから何か、小金崎さんの防御を和らげるために……なにか、リラックスさせてあげたりできれば、あるいは。

「……そうだ！」

ひとつ、思いついた！

日常の中で、すごくリラックスできて、いい閃《ひらめ》きが浮かんだりしちゃう場所！

「咲茉ちゃん！」

「ですの？」

「ちょっと、手伝って欲しいことがあるんだけど、いいかな」

「もちろんですのっ！」

わたしは咲茉ちゃんと共に、さっそく準備に入る。

正解かは分からずとも、できることからひとつひとつやっていこう。

普段の小金崎さんにならら、もっと後先考えろって怒られちゃうかもしれないけれど。

◇◇◇

「よいしょ、よいしょ……ですのっ」

「咲茉ちゃーん？　おっけー？」

「ですのっ！」

「それじゃあ……すぅ、はぁ……失礼しますっ！」

準備ができたと聞いて、言い出しっぺのわたしも改めて覚悟を決める。

しっかり深呼吸し、勢いよくドアを開けた！

ぶわっと一気に流れ出てくる熱気の向こうに……彼女は半分眠ったように、ぼうっと座っていた。

「はわわ……」

自分から言い出したことだけれど、なんか無性にいけないことをしている気がしてきた。

忘れもしない、夏の終わり。

わたしは黙って真希奈とデートした罰……という口実で、由那《ゆな》ちゃんと凜花《りんか》さんに叱られ、身を以《もっ》てわたしが誰の恋人かというのを分からされた。

具体的にはわたしの部屋で……裸を見せ合ったのだ!!

小さい頃お母さんに言われた。家族以外に裸を見せていいのは、特別に大切な人だけだって。

ドラマとか、映画とかでも、たまに、大人同士一緒に裸でベッドに入っていたりする。

銭湯とか更衣室とかはまた別だとは思うけれど……でも、裸を見ること、それが大人になることなんだって、わたしはずっと思って生きてきた。

今回で言うと……ここはお風呂場だから、例外かもしれない。

でも、銭湯みたいな公共の場ではなく、友達の家の浴室って考えたら、やっぱりさわどい気もする。

しかも、相手は……友達だと思っていた、小金崎さん。


そう。今わたしは、小金崎さんちのお風呂場にいる。

そしてその中には……裸になった小金崎さんがいる！

裸のまま、ぼーっとバスチェアに座っている！

(こ、これは違う！　浮気じゃない！　浮気じゃないからっ!!)

頭の中で必死に由那ちゃんと凜花さんに言い訳しつつ、わたしは浴室に乗り込む。

ちなみにわたし、そして咲茉ちゃんはメイド服姿のままだ。咲茉ちゃんが別に濡《ぬ》れてもいいって言ったので。

今からするのは小金崎さんと一緒にバスタイムを楽しむことではなく……メイドとしての、お風呂のお世話だ！

お風呂は体だけでなく、心の洗濯とも言われる。

体を洗い清め、人肌を少し超える温かいお湯で全身を包まれることで、身も心もリラックスし、疲れと共につらい悩みや不安を汗と一緒に流す。

そんな安らぐ時間こそ、今の小金崎さんに一番必要なものだと思う。

（だからやましいことなんて、ない、ない、ない……………小金崎さん、本当に綺麗《きれい》……）

頭の中で自分に言い聞かせようとも、現実は容赦なくそこに存在している。

由那ちゃんと凜花さんの裸も、すっごく良かった……なんて言うと変態みたいだけれど、実際に同じ女性として、敵《かな》わないって思わされるほどだった。

そして、小金崎さんは……正直、同じくらいのレベルだ。

まぁ、人の裸なんて、幼い頃に父と母、そして最近だと妹二人くらいしか知らないから、そんなわたしに品評する目なんて備わっちゃいないけど。

無駄な肉は一切ついていない。でも筋肉質って感じも、痩せすぎてるって感じもなくて。肌はきめ細やかで、下手に触るのが憚《はばか》られるくらい。目立つ肌荒れとか傷とか、そういうのも一切ない。

この素晴らしい体をキープするために何かやってるか聞いても、たぶん真顔で「何も」って言われそう。そんな感じ。

（……って、マジマジ見るな、わたし!?）

わたしは首をぶんぶん振って、なんとか雑念を振り払う。振り払おうと努力する。

「咲茉《えま》ちゃん、軽く洗って、湯船突っ込んじゃおう！」

「はいですの！」

「はい、小金崎さん。手、上げて。ばんざーいって」

「やだぁ……」

寝ぼけたみたいに、小金崎さんが呻《うめ》くけれど、心を鬼にして無視する。

だって、まだわたしがいることにだって気が付いてないよ、たぶん。

すごく頭を使って、疲れて、現実逃避しちゃいたいくらい弱って、心を閉ざして……そんな状態なのは分かってる。

でも、友達が（アポなしだけど）家に遊びに来てるっていうのに、無反応なのは酷《ひど》い！

「だから……洗っちゃいますからね、体！」

わたしは泡立てネットを駆使し、ふわふわの泡を錬成。

そして、小金崎さんの腕にそおっと塗りつけた。

「ひゃっ!?」

驚いたのか、ぴくんっと体を跳ねさせる小金崎さん。

もしかして、ようやくお目覚めに……？

「……くすぐったい」

が、ダメ！

小金崎さんは推定小学二年生くらいの幼甘《おさあま》ボイスで身を捩《よじ》っただけ。

可愛《かわい》くてぐっとくるものの、当然普段の小金崎さんには戻っていないので、このまま続行だ。……続行？

腕には泡を塗ったから、そのまま……む、胸!?　おっぱい!?

（おっぱいなんて……二人のも、ちょっと触れたぐらいしかないのに！　ち、違うから！　これは人助け……そう、人助けだからぁ！）

頭の中で、届くはずのない謝罪を必死に叫ぶ。

でも、これは人助け。人工呼吸の時に、胸に触れてしまうのと同じような話で、こちらにも嫌らしい気なんて一切………イッサイ、ゴザイマセン。だからセーフ！　セーフなんです!!

「あっ……」

ちょあっ!?

小金崎さんが変な声を出した！　少し指がかすっただけなのに！

「あっ、ご、ごめんなさいっ！」

とにかく、わたしはすぐさま謝る。べ、べつにドキドキなんかしてないんだからね!?

「かゆいところ、ないですの～？」

「ん……」

シャンプー担当の咲茉ちゃんは慣れた感じにやりとりしてて……わたしもそっちやらせてもらえば良かったかなぁ。

でも、小金崎さんのキューティクルをダメにしちゃったら、小金崎さんが正気に戻ったとしても、凄《すさ》まじく報復されそうだし……どっちもどっちか。

「ヨツバ、手が止まってるですの」

「す、すみません、先輩っ！」

咲茉ちゃん先輩《メイド》からご指摘を受け、あわてて洗体を再開する。

こうなったら……秘技、サワッテナイヨ作戦を使う！

説明しよう。サワッテナイヨ作戦とは、いざ覚醒した小金崎さんに怒られたとしても、確かに体は洗ったけれど、触れてませんよと言い訳できる、高度なテクニックである！

具体的には、手に泡を盛り、それを小金崎さんの体に塗りつける……ただしこの時、わたしの手は小金崎さんの肌に触れないよう、泡だけを触れさせる、というもの。

ただ泡を塗りたくってるだけで全然洗えてない気もするけれど……多分、大丈夫。ほら、食器とかでも、つけ置き用洗剤につけて放置してるだけで、スポンジでゴシゴシしなくても汚れ結構取れたりするし！

今の化学の進歩を信じろ!!

（そおっと、そおっと……）

わたしはお祭りの型抜きに挑戦するかの如《ごと》く、極めて慎重に、精密に泡を塗っていく。

でも、絶対に触れちゃいけない、ギリギリを攻めなきゃいけないって思うと、緊張で勝手に手が震えて――。

「ん……あ……」

たまに、一瞬くらいたまに、指が肌に触れてしまう。

そのたびに、小金崎さんが色っぽい吐息をお漏らしあそばされて……それで余計に心臓がバクバク騒ぎ始める。

（お、お腹通過……大事なところはさすがにスルーさせてもらって、あとは御御足《おみあし》だけだから……）

「……もどかしい」

「へ？」

漸《ようや》くゴールが見えた、と思った瞬間、小金崎さんのぽつっとした呟《つぶや》きが耳に触れる。

そして、直後――小金崎さんの手が、ガシッとわたしの右手を摑《つか》んだ。

「え？」

「もっと……」

驚き固まるわたしを他所《よそ》に、小金崎さんはわたしの手を……な、なんと、自らの胸に押し当てた！　まるでスポンジの如く!!

「ぁん、んん……」

「こ、きょきょ、きょ、きょ、きょぎゃにぇじゃきしゃんっ!?」

手のひらから伝わる、もう絶対サワッテナイヨとは言えないレベルの感触……！

なめらかな肌、確かな弾力……自分で自分のを触ってもこんな感じじゃないのに、なんか、すごく――。

(気持ち……)

「きもち、いい……」

感想が被《かぶ》った!?

甘えるような、誘惑するような……そんな小金崎《こがねざき》さんの声色に、体がどんどん熱くなっていく。

(こ、これは浮気じゃ……)

――ガシッ、もみっ!

(これは……)

「ん、あっ……」

(これは浮気かもしれない!!!!!!!!!!!!)

こんな、おっぱいを揉《も》みしだくなんて、二人にもやったことないよ! 当然、妹達《たち》にもやったことない!!

家族にはできない、恋人にしかしちゃいけない行為を、意識のもうろうとした友達にやっちゃうなんて、絶対ダメ……はっ!?

「じー……ですの」

咲茉ちゃん様が見てるッ!!

「ん、はぁ……もっと……」

「お姉さま、気持ちよさそうですの」

「ち、違うよ咲茉ちゃん!?　これは、これはそのぉ……」

「ヨツバ、マッサージの天才ですの!?」

「………そうなの！」

よかった、マッサージの一環だと思ってくれたみたい！

いや……わたしが過剰に反応しているだけで、これはマッサージなのかもしれない。

……そうだよ。いくらわたしでも友達相手にいやらしいことするわけないじゃん！　これはマッサージ！　友達相手にマッサージして、その施術の一部としてちょっとおっぱいを揉みしだいちゃってるけれど、これは大丈夫なやつ！　保険適用内ッ!!

「ん……」

「ぬあっ!?」

ここで、小金崎さんの行動に変化が!?

わたしの手を、おっぱいから離し……そのまま、下腹部の方へと伸ばしていく……！

そ、それはよくない！　恋人じゃないと……いや、結婚しないと駄目なヤツ!!

(かくなるうえはっ！)

わたしは、右手がそこに到達してしまう前に、左手を光の速さ（当社比）で動かし、小金崎さんの御御足に雑に泡を塗りたくる。そして——。

「咲茉ちゃん！」

「はいですのっ！」

とっくにシャンプーを終えた咲茉ちゃんに合図を送る。

咲茉ちゃんはすぐさま、洗面器でお湯を掬《すく》い――小金崎さんにぶっかけた!!

「きゃっ!?」

頭からザブッとお湯をひっかぶり、驚きの声を上げる小金崎さん。

そして力が緩んだ隙に、わたしは右手を引っ込め、代わりにシャワーをお見舞いする！

「えっ、な、なに!?」

そして全身の泡をごっそり落として……！

「よし、入れちゃおう！」

「ですのっ！」

「きゃうっ!?」

咲茉ちゃんと一緒に小金崎さんを持ち上げ――お湯を張った浴槽に突っ込んだ！

「ふぅ……ミッションコンプリート……！」

「まだですの。お姉さまの髪に、トリートメントつけないとですの」

「あ、そうだね」

浴槽に入れられ、呆然《ぼうぜん》と目をぱちくりさせる小金崎さんの長い髪を、咲茉ちゃんは丁寧にすくい上げ、乾いたタオルで水気を拭き、そのままトリートメントをつけて、タオルで巻いて――か、完璧だ！

手が二本とは思えないほどに素早く無駄なく、小金崎さんの保湿を成し遂げた。やっぱり手慣れてますね、先輩!?

「ふぅ。これであとは湯船でリラックスしてもらって、そうしたら自然といつもの小金崎さんに……あれ？」

ふと、気が付く。

さっき、湯船に入れられた後の小金崎さん……いや、その少し前。咲茉ちゃんにお湯を掛けられた直後くらいから、なんか、雰囲気がちょっと変わっていたような？

ビックリしつつも、推定小学二年生なあどけない口調ではなく、もっとはっきりとした発声をしていた……よう、な……。

「……ねえ、聞きたいことは色々あるのだけど」

「え？」

「とりあえず……これ、どういう状況かしら」

「…………分かりません」

湯船の中から小金崎ちゃん――否、小金崎さんがこめかみをヒクヒクさせつつ、睨《にら》み付けてきていた。

それに怯《おび》えるべきか、それとも喜ぶべきか……考えるより先に、わたしはその場に正座するのだった。

復活！　小金崎舞《まい》復活!!

良かった。ハッピーエンドだ！

これでわたしも一安心！　それじゃあ今日は失礼させていただきまぁす!!

「待ちなさい」

「ひうっ」

玄関を目指して一直線、というところで、ガシッと肩を摑まれた。

当然、復活した小金崎さんにだ。

先ほどまでの小金崎舞ちゃん（さんしゃい）とはまるで違い、きっちり普通のお洋服をお召しあそばされている彼女は、わたしが思い描く彼女通り……いや、それ以上のピリピリとしたオーラをお放ちなさっていますです。

本当に逃げたかったのなら、小金崎さんがお風呂から上がって、着替える間に逃げてしまえば良かったのにと思われるかもしれないけれど……そうは問屋が卸さない。

なぜならわたしもメイド服から着替える必要があったからだ!!

咲茉《えま》ちゃんに着させられたこの制服が、最後の最後で引導を渡してくるなんて……世の中って本当によくできてる。

ちなみにその咲茉ちゃんは……小金崎さんが元に戻ったのにホッとしたのか、現在お花を摘みに行ってます。天使もお花を摘みに行くんだね！　でもできれば助けて!!　ヘルプミー、咲茉ちゃん!!

「なによ。そんなに震えて。別に叱ってやろうってつもりじゃないから」

「え!?　そうなんですか!?」

わたしは驚いた。だって、絶対怒られると思ったもん！

でも、確かに改めて見てみると、小金崎さんに普段の怒った感じはあまりなくて（ゼロではないけれど）、むしろどこか気まずげに見えた。

「間《はざま》さんがここにいる時点で、なんとなく察したわ……私、またああなってたんだって」

「自覚、あまりないんですか？」

「気が抜けて、やる気が起きなくて、ずっと夢を見ているような……そんな感じかしら。たまに……いえ、ごくまれにああなってしまうみたいなの。そのたびに咲茉には心配をかけていたのだけど」

なるほど。あれは小金崎さんでもコントロールできない、感情がパンクしてしまったみたいなものらしい。自暴自棄とでも言うんだろうか。

まぁ、そりゃそうだよね。小金崎さんがあんな幼いプリカワな態度取るなんて、意識がちゃんと残ってたら目撃者は生かして帰さないだろうし（偏見）。

「でも、それじゃあ小金崎さんは、どこから意識が戻ってたんですか？」

「貴女《あなた》達にお湯を掛けられたところで、一気に目が覚めたという感じかしら」

「なるほど、そうですかぁ！」

「……ちょっと待って」

小金崎さんが目を細めてこちらを見てきた。

「なに、そのホッとしたような態度は」

「へ？」

「まるで何か、バレなくてホッとしたみたいな、そんな感じの反応よね？」

「えっ、いやぁ……？」

あ、アカンッ!!

お湯を掛けたタイミングに意識を取り戻したなら、その直前の恋人しかしちゃいけない行為をしたこと&あわや結婚してなきゃしちゃいけない行為をしかけたことは気付いていない……と安心したのが、バレた！

「そもそも貴女、私をお風呂に入れていたわけよね。よくよく考えてみたら、私が意識を取り戻した時点で、私の体が洗われてたのは……」

「あっ!!　そういえばわたし、メイド服着てたんですよ！　見ました!?　どうでした、我ながら結構似合ってたと思うんですけど～～～！」

秘技、ヤバい話は別のヤバい話で蓋作戦ッ!!

小金崎さんがパンドラの箱を開くその前に、自らメイド服を着たという出来たてホヤホヤの黒歴史を献上する。どうぞお納めください！

「……そういえばそうだったわね。あまり覚えてないけど」

「な、なんですかもー！　酷《ひど》いなぁ！　だって、この家の制服って聞いたから、勇気振り絞ったんですよ～～～？」

「そんな素っ頓狂なルールないわよ。あれは完全に咲茉の趣味ね」

「え、咲茉ちゃんの趣味!?　そ、そっかぁ！　すっかり騙《だま》されちゃったなぁ！　まったくもう、咲茉ちゃんったらお茶目さんなんだから～～～！」

「そんなこと今はどうだっていいのよ」

パシンッ、と話を戻された！

上手《うま》くいったと思ってたのに!!

「貴女、私の意識が飛んでいたのをいいことに、何かしたんじゃないでしょうね？」

「い、いやぁ……？」

「このケダモノ」

「がふっ!?」

凄《すさ》まじい言葉のボディブロー！　間選手、体感5メートル吹っ飛んだっ!!

「色々気に掛けて、元気づけてくれようとしていたことは感謝してる。でもそれと、朦朧《もうろう》としている私にイヤらしいことをしていいかどうかは別の話よ」

「も、もちろんですっ！」

「さあ、吐きなさい。洗いざらい、一切の誤魔化しもなしに、正直に白状なさい！」

肩をガシッと掴《つか》まれ、殺気の籠もった視線を浴びせられるわたし。

気持ち的には、首筋にナイフの刃先を突き付けられているような感じで……こ、腰がぬけそう……！

で、でも！

「い、いいんですか……」

「は……？」

「もしも、わたしが全て正直に話したら、傷つくのは小金崎《こがねざき》さんかもしれないですよ!?」

「へえ、そうやって被害者の私を加害者の貴女が脅そうというのね。犯罪者ムーブが板についているじゃない」

「へ？　い、いやっ！　そういう感じの話でもなくてですね!?」

「別にいいわよ。覚悟はできてる。そして拳も温まってる」

「鉄拳制裁ですか!?」

「知り合い……同じ学校に通う他人同士のよしみで、それだけで済ませてあげようとしているのだから、感謝して欲しいわ」

「距離がものすごく遠い!!」

このままだと黙っている方が傷が深くなりそうだ。

でも、わたしだけならまだいいんだけど……真実は間違いなく小金崎さんも傷つける。

とはいえ、わたし如《ごと》きの嘘《うそ》、小金崎さんは簡単に見やぶるだろうし……仕方ない。

「……分かりました、小金崎さん。何があったか、全て、つまようじに喋《しゃべ》ります」

「それを言うなら『つまびらか』ね」

「つらびらか」

「つまびらか。噛《か》んでるの？　間違えてるの？」

「……とにかく、話します。でも、心して聞いてください」

「ええ、どうぞ。もうとっくにできているもの。この右腕を振り抜く覚悟も、警察に自首する覚悟も」

それは覚悟決まりすぎぃっ!!

わたしはブルブル震えながらも、ありのまま、今日ここに至るまでの真実を語った。

全て、つまらびかに、余すところなく。きのこがねざきさんがわたしの手を摑んで何をしようとしたのかも、全部。

小金崎さんの顔色が変わるのを、極力気にしないように……。

◇◇◇

「すっきりですの！……お姉さま？　どうされましたですの？」

帰ってきた咲茉ちゃんが、小金崎さんを見て首を傾《かし》げる。

小金崎さんは、先ほど振り上げていた拳を解き、今は顔を覆い隠し、うずくまっていた。

「もしかして……またきのこ、ですの？」

「ううん、違うと思うよ……」

わたしはそっとしておいてあげて、という思いを込めて、咲茉ちゃんの肩を叩《たた》く。

小金崎さんはもうきのこじゃないし、たぶん暫《しばら》くつらいことがあってもきのこにはならないと思う。

なぜなら、そうなることでもっと大きなものを失う（失いかける）と知ってしまったからら。

わたしは、全てを知った後に小金崎さんが放った「……して……ころして……」というか細い嘆きと、彼女のすべすべな体の感触は一生忘れられないだろうと思うのでした。

◇◇◇

約一時間後――。

「ごめんなさい、間さん。咲茉も心配掛けたわね」

ようやく、再度復活を遂げた小金崎さんがそう言って頭を下げてきた。

わたしと咲茉ちゃんは手持ち無沙汰だったのもあって、お風呂で濡《ぬ》れたメイド服を簡単にドライヤーで乾かし、再びそれに着替え、適当に家事などをやって過ごした。

メイド服に着替える必要はやっぱりなかったと思うけれど——。

——嗜《たしな》みですの！

と、咲茉ちゃんに力強く言われてしまえば仕方がない。

この世で一番尊重されるのは咲茉ちゃんなのだ。その次が法律。

そんなわけで、小金崎さんの復活を待って、わたし達《たち》はリビングに再集合。

落ち着いてお話するために、それぞれテーブルの席についた。

わたしは小金崎さんの対面に座り、咲茉ちゃんは小金崎さんの隣りに座って、甘えるようにもたれかかっている。可愛《かわい》い。

「本当に恥ずかしいところを見せてしまって……ごめんなさい、間さん。自分勝手な誤解もしてしまったし……」

「い、いえ！　全然気にしないでください！　人間誰だってこういうことありますよ！」

そういうわたしは成功よりも失敗を数えた方が多いくらいだ。

小金崎さんの今回のは……本人にしてみれば凄《すご》く大きく見えるんだろうけど、代償はたった一日の欠席と、わたしと咲茉ちゃんにちょっと恥ずかしい場面を見られたくらいなもので……うん、たいしたことない！

「わたしは、小金崎さんがいつも通りに戻ってくれたことがとにかく嬉《うれ》しいです！」

「いつも通り……ね」

小金崎さんは自嘲し、俯《うつむ》く。

「菱餅《ひしもち》会長から説明を受けたんでしょう？　さすがの貴女も、失望したんじゃないかしら
……たった一人転入してきただけで、パンクして、引きこもってしまうなんて」

「そんなことないですよ！　だって、もしもわたしが小金崎さんだったら、絶対一日も持ちませんもん！」

「貴女なら意外と上手くやりそうだけど」

「いや、絶対無理です。断言できます。だって、わたし、ずっと注目とかされてこなかったから、誰かに注目されたり、代表者として立つとか、考えただけで吐いちゃいそうですから！」

「随分と胸を張ったわね」

「本当のことですから！」

最近隠し事も多くなったので、真実を言う口が軽いったらない。

小金崎さんは呆《あき》れていたけれど……ちょっと笑っているようにも見えた。

「でもそんなに、真希奈《まきな》が転入してきた影響って大きいんですか？」

「そうね……今までの積み上げてきた秩序が、あっという間に崩れるくらいには」

「そんなに……!?」

「単純に白黒つければいいという話でもないのよ。どちらかを異端としてしまえば、当然反発が生まれる。そうなったとき、百瀬《ももせ》さん、合羽《あいば》さん……そして、小田《おだ》さんを守り切れ

るかどうか……」

　そっか、ファンクラブっていうルールがなければ、いくら進学校として頭のいい生徒が集う永長《えいちょう》高校でも、暴走して、何か危害を加えようという人が現れないとも限らない……かもしれない。

　これればかりはそうなってみないと分からないけれど、そうなってからでは遅いのだ。

「でも、一番の問題はそんな目に見える話じゃないのよ」

「そうなんですか!?　じゃあ、何が……」

「それは――」

　小金崎さんがじいっとわたしの方を見てくる。

　つい後ろを振り返り……特に何もないけれど。

「……違うわよ。火種は貴女」

「え？」

「夏休みに会ったでしょう。私達」

「え、ああ……水族館で、ですか」

「水族館ですの！　楽しかったですの〜！」

「咲茉《えま》、今は少し静かにしていて」

「ですの……」

　水族館に反応し、表情を明るくした咲茉ちゃんだけれど、すぐに諫《いさ》められてしょぼんとしてしまう。

小金崎さんはすかさずフォローするように咲茉ちゃんの頭を撫《な》で、流れるように自分の膝を枕代わりに寝かせた。

おかん……！　おかんの手際……!!

「話、戻すわよ」

「あっ、はい」

「水族館で、貴女《あなた》と小田さんがデートしている場面に私は出くわした。彼女の貴女に対する執着も十分察せられるに足る時間だった」

「あ……はい……」

あの時は小金崎さんの指摘を信じられなかったけれど、彼女の言った通り、真希奈は私に、普通の幼馴染《おさなな　じ》み以上の感情を向けていた。

それは今更、誤魔化すものでもないけれど……。

「でも、それが火種って……？」

「はぁ……本当に鈍感というか……」

小金崎さんが溜息《ためいき》を吐《つ》く。いつもすみません。

「小田さんは貴女のことが好きで、もしも貴女が百瀬さん、合羽さんと付き合っていることにも気が付いていたら……彼女はとても強力なカードを有していることになる」

「ほえ？」

「……聖域が二股されている、という事実が明日には学校中に広まっている。そんな事態になるって想像したことはない？」

「そんな……！　真希奈がわたし達のこと言いふらすって言うんですか!?」

「貴女の幼馴染みを悪くは言いたくないけれど、貴女と同じ学校に通うために、軌道に乗っていた芸能活動を休止し、難易度の高い永長《えいちょう》高校の編入試験を突破してきた女よ。私からしたら、時間の問題……いつ、どうカードを切るべきか見計らっていると疑って当然だと思うけれど」

「それは……」

真希奈はそんなことしない。そう声を大にして言えたら、どれだけ楽だろう。

でも、幼馴染みだから。ただ信じたいから。……それ以外に、否定できる言葉がない。

そしてこれは間違いないと言えるのが、小金崎さんはわたしよりずっと多くのものが見えているってことだ。

「ファンクラブ内の話だけならいくらでもやりようはある。でも、こんな話、菱餅会長にだって言えないし……。なんというか、貴女という私の人生最大のイレギュラーが中心にいるとなれば、正直全然予想がつかないのよね」

「人生最大のイレギュラー……!?」

絶対褒められていないのは分かった。

そして、小金崎さんがきのこってしまっていたのが、完全にわたしのせいだってことも分かった。

「貴女がどういう選択をするか……それによって最悪にも最良にも転ぶ。ただし、最良の結末がどういう落とし所になるのか、私には全く見えてこない。でも、こんな話をすれば、貴女がそういう顔をしてしまうことだけは分かっていたから……」

「あ……」

わたしを気遣うような言葉。

わたしの存在が小金崎《こがねざき》さんを悩ませ、けれど小金崎さんはそんなわたしにも気を配ってくれている。それが余計に小金崎さんを追い詰めている。

(助けるとか……そういう立場じゃなかった、わたし)

酷《ひど》い話だ。咲茉ちゃんに頼られて、その気になって……。

自分で自分がバカだって何度も思ってきたけれど、わたしのバカさ加減は天井を知らない。

「……なんて、貴女に直接言うのは卑怯《ひきょう》ね。お風呂に入って気が緩んだのかしら。今のは忘れて」

小金崎さんはそう言って、気まずげに視線を逸《そ》らす。

正直、わたしも言われたって仕方ないと思ってるけど……。

「私に何かできることはないと思うけれど、だからって思考停止して、逃げ出してもそれは変わらないし……最悪、貴女の毒牙に引っかかる危険があるとも分かったしね」

「毒なんて持ってないですよ!?」

「どの口が」

「辛辣！」

もちろん小金崎さんには、小金崎さん（さんしゃい）自身がわたしの手をスポンジ代わりにしたことを伝えたし、だから彼女は深い傷を負ったのだけど……これに関しては双方が悪いよねという感じに処理されたみたい。つまり、わたしにもしっかり過失がある、と。

「とにかく、信用するにしろ疑うにしろ、小田さんの行動に注視するのをおすすめするわ」

「分かりました……あっ、そういえば」

「早速何？」

「ええと……今日、文化祭の出し物決めがあったんですけど」

「ああ、ちょうどそんな時期ね」

「ちなみに小金崎さんのクラスは何をやるんですか？」

「脱線させない」

「す、すみません……」

すかさず諫められ、なんとか脱線回避する。

でも、気になるのは確かで……もしもメイド喫茶とかだったら、小金崎さんのメイド姿が見られるのかなぁとか。

「続き」

「あ、はい。えっと、その出し物候補でですね、アイドルステージというのが出まして」

「それは……随分と怖い物知らずというか」

「でも真希奈、一人で出演するんじゃなかったら良いって言ったんですよね」

「一人で出演するんじゃなかったら……もしかして、あの二人を出演者に指名したとか？」

「い、いえ！　そんなことはなくて、真希奈は誰とは言わなかったんですけど……でも、クラスのみんなは真希奈と一緒にステージに立って遜色ない人っていったら、やっぱり由《ゆ》那《な》ちゃんと凜花《りんか》さんを思い浮かべたみたいで……その、わたしも……」

「…………」

小金崎さんが神妙な顔つきになる。

わたしも言ってて思った。真希奈は直接言わなかったけれど、ただ口にしていないだけだったんじゃないかって。

真希奈があんなことを言えば、二人に期待が集まるのは真希奈も分かっていた。だからあえてああいう条件を出して……。

でも、そもそもどうして、真希奈が二人をステージに立たせたいのかが分からない。

「これもやっぱり、貴女じゃない？」

「……わたし？」

「小田さんは貴女が二人と付き合っていると見抜いた。だから、文化祭のステージという公明正大な場で、自分が二人より優れた存在だと証明したい……とかね」

「そんな！」

「これはなんの根拠もないただの憶測よ。本気にしないで」

「はぁ……」

「でも、違うとも断言できない。情報があまりに足りないから」

それは確かにその通りだけど……できれば、三人にはそんなケンカみたいなことしてほしくない。

みんな仲良く、一緒にいられたらって思うけれど……。

「で、でも、どれもこれも、真希奈がわたしの二股に気が付いているって前提ですし、そうじゃないって可能性も――」

「気が付いてるでしょ、間違いなく」

「はえっ!?」

「あの子、バカじゃないわよ。アイドルとして大人社会で生きてきたからでしょうね。あの全てを見通すような鋭い視線……本当に同い年って疑いたくなるくらいだったもの」

夏休み中、水族館での僅かなやりとりで、小金崎さんはそう感じたらしい。

「それに、貴女の恋人だって知らなければ、わざわざあの二人を同じステージに立たせようなんて、それこそ完全に意図が読めないし」

「そう、ですかね……」

「彼女がもっと単純で、学生らしい思い出を作りたいとかなら……それこそ、貴女をステージに立たせようとするんじゃないかしら」

「えっ!! む、無理ですよ!?」

「まぁ、それはそうね。もちろん、全て憶測でしかないけれど……わざわざあの二人に矛先が向けられる条件を出したということは、貴女の悪行がバレていて間違いないと私は思うわ」

それは憶測と言いつつも、ほぼ断定に近い言い切りだった。

それに、色々反論しようとしたわたしだけれど、正直……小金崎さんの推理は間違っていないと思う。

真希奈《まきな》の態度から見て……たぶん、転入の挨拶をしたあの瞬間、わたしと由那ちゃんと凛花さん、三人の反応から察していた気がする。

そして今日までの三日間で、察しを確信に変えたんだろうなって……。

「できれば穏便に済ませて欲しいけれど……やっぱり、あまり良い未来は想像つかないわね」

深々と溜息を吐く小金崎さん。

せっかく復活してくれたけれど、もっと重たい悩みを抱えさせてしまったらしい。

そして、わたしも……。

（真希奈はどうしたいんだろう。本当に由那ちゃんと凛花さんをどうこうしてまで、わたしのこと……?）

真希奈が分からない。理解したいのに。大切な幼馴染みなのに。

わたしはどんどん分からなくなっていく。

どうして、真希奈はこんなわたしを好きって思ってくれるのか……それも含めて。


そして、次の日。

小金崎さんの懸念を言い当てるように、由那ちゃんと凜花さんが出演を承諾。

我ら二年A組の出し物は、小田《おだ》真希奈、百瀬《ももせ》由那、合羽《あいば》凜花の三人による、アイドルライブステージに決定したのだった。

第四話　「デート。デート。そして……」　YURI*TAMA

クラスの出し物が決まって、それから昼休みや放課後は、文化祭に向けた準備が行われるようになった。

けれど、二年A組の空気は、わたしにもはっきり分かるくらい弛緩《しかん》していた。

「いやあ、まさかあの三人がステージに立つなんてね」

「これもう、最優秀賞確定でしょ！」

そんな感じの会話が教室中から聞こえてくる。

実際に出演する三人、それに振り付けとかを見るダンス担当、衣装の担当……一部忙しくしている人達《たち》はいつつも、わたしを含めた殆《ほとん》どのクラスメートが暇を持て余していた。

放課後も、わざわざ教室に残りつつも、何もせずだらだら喋《しゃべ》るだけ。もちろん、すぐ帰ってしまう人も多い。

「はぁ……」

わたしはなんとなくもやもやしつつ、廊下に出る。

由那ちゃんと凜花さん、それに真希奈の三人が頑張っている手前、我関せずで帰ってしまうのも悪い気がして……必要になるのかも分からない小さな装飾作り、つまりは雑用をに。

　今やってるのは紙を折ってホチキスで止めるだけの……いわゆる、花飾りの作成だ。何もしないよりはいいと思いつつも、中々手は進んでいなかった。ただの単純作業なのに。

　引き受けていた。


「あの……間《はざま》さん、隣り、いい？」

「あ、向井《むかい》さん。も、もちろん、どうぞ！」

　わたしに声を掛けてきたのは、クラスメートで、同じくわたしと同じ花飾りを作ってくれている、向井千晶《ちあき》さんだった。

　向井さんは……わたしが言うのはすごく失礼だとは思うけれど、あまりクラス内でも目立つタイプじゃなくて、一人でいるのが多いイメージの子。

　なんというか……本当に失礼だと思うけれど、ちょっと似たところを感じるというか。

（向井さんみたいな子と友達になれたら、すごく落ち着くだろうなぁ……）

　そう何度か思いながらも、実のところあまり喋ったことはない。

　だってわたし、落第寸前の問題児だし！

　向井さんからしたら、一緒にして欲しくないって思ってるはず……。

　それに、他の子に比べて喋りやすそうなんて思っちゃう時点で、向井さんを低く見ている感じがしてしまって……そんなわたしに彼女と仲良くなりたいなんて思う権利ないんじゃないかなって……。

「なんだか、すごいことになってるよね」

そんな心の中でぐじぐじしているわたしに、向井さんの方から声を掛けてくれた。

「間さんって、あの二人と友達なんでしょ？」

「え？　あ、うん……友達っていうか、その……」

わたしと由那ちゃんと凜花さん。

対外的には友達ってことで通していて、一応下の名前で呼び合っている。

でも、世間的に、それを快く思わない人はたくさんいて、わたしはいわば、悪い虫というやつなのだ。

「やっぱり、大変そう？」

あぁ、なるほど。

向井さんが気になっているのは、わたしでなくあの二人みたい。

こういうのには慣れっこなので全然嫌な気分じゃないし、むしろ、納得がいってホッとした。

「どうかなぁ、なんか聞きづらくって」

「そうなの？」

「だって、わたし、二人がどういうことやってるのか全然知らないしさ。なんか、冷やかしみたいになっちゃいそうっていうか。聞いても、何かしてあげられること、ないんじゃないかなって……」

「あー……」

花飾りを作りながら、そんな後ろ向きトークをするわたし。

向井さんは同意してくれつつも、それ以上会話は広がらず……沈黙が流れる。

教室からはぎゃいぎゃいした賑《にぎ》やかな声が聞こえてくるので、余計に沈黙が痛い。

「で、でもさ、向井さん、偉いよね！」

「偉い？」

「だって、ちゃんとこうやって残ってさ。ざつよ――じゃなくて、作業、引き受けてて」

「……そんなんじゃないよ」

向井さんの声が暗くなる。

も、もしかして地雷踏んだ!?

「私はただ……真っ先に帰るのは悪目立ちするかもしれないし、だからといって意味なく教室にいるのも気まずくて。だから、なんでもいいから雑用を引き受けてる、みたいな……ただ、それだけ」

ぼそぼそっと、独り言みたいな感じにだけど、理由を話してくれた。

向井さんは言い終わってからハッとしたように顔を上げる。

「ご、ごめんなさい！　変なこと言って……」

「分かるなぁ！」

「……え？」

わたしはなんだか嬉《うれ》しかった。

すごく……すごぉく気持ちが分かる！

「こういうクラス行事みたいなのってさ、なんか目立つ人達が中心でやってて、乗らなかったら空気読めないって感じになるし、でも積極的に参加しようものなら、『なんか来たんだけど（笑）』って感じに遠巻きにイジられるし……なんか難しいんだよね」

「えっ、間さんもそういうこと思うんだ」

「全然思う……今だって思ってる……！」

確かにわたしは、スクールカーストの頂点、そこを突き抜けて天上に御座《おわ》す聖域のお二人の友達――否、彼女ではあるけれど、だからってわたしが聖域の住民権を得ているなんてことは全くない。

光が強ければ、影もまたその分濃くなるという。わたしが根っからの日陰者、陰のキャラキャであることは、変えようのない事実であり、この世にたったひとつの真実なのである。

「なんか意外……でもないかも」

「素直！」

「だって間さん、あの二人と絡んでるときは楽しそうだけれど、結構周りの視線気にしてるっていうか……それに、あの二人と一緒にいないときは完全に無って感じだし」

「無!?」

まあ気配は消してるっていうか、出す気配がそもそもないというか……ですけど。

「あっ、ごめん！　すごい失礼だったよね……」

「ううん、全然。たぶん事実だし」

虎の威を借る狐《きつね》って言葉があるけれど、わたしからしたら狐だって十分目立つ存在。

威を借りれるほどのベースがないんですの……。

「そ、そんなにはっきり認めちゃう？」

「ぐうの音も出ないくらい、事実だから……」

ですの……。


なんて、そんな風に自然と会話は弾んだ。お互い自己評価が似ているのかもしれない。

なんか、変に見栄《みえ》を張ろうとしなくていいっていうか、あまり気を遣わないというか。

そうして、文化祭の出し物が決まってから一週間が経《た》ち、放課後は向井さんと一緒にお喋りしながら、雑用をやるっていうのが当たり前になった。

逆に、由那《ゆな》ちゃんと凜花《りんか》さんは、放課後毎日レッスン、レッスン、レッスン……それ以外にも授業の合間はぐったりしてたり、夜のチャットのやりとりも返事があまり来なくなったり、タイミングが噛《か》み合わなかったり……そんな感じで、少し疎遠になった感じがしてしまって、寂しいのだけど。

でも、わたしも……中途半端に口を出して邪魔するのが怖くて、踏み込めずにいた。

「……間さん？」

「あ……ごめん！　ちょっとぼーっとしちゃってた」

「ホッチキス握りながらだと、危ないよ」

「だよね。ありがと、向井さん」

向井さんに指摘されなかったら、うっかり自分の指を挟んでしまっていたかもしれない。

実のところちょっと寝不足気味で……二人が心配だからっていうのもあるんだけど、小《こ》金崎《がねざき》さんと話したこと、色々考えちゃって。

なんでわたしがぐじぐじ考えてるんだって、そう思うと余計に嫌な気分になるんだけど。

「……大丈夫？」

「う、うん。ちょっと寝不足なだけ。明日お休みだし、いっぱい寝るから大丈夫！」

「そう……？」

わざわざ意気込むような話でもないので、ちょっと首を傾《かし》げられてしまった。これはバッドコミュニケーションかも。

「向井さんってお休みとか何やってるの？」

「え、私？」

「うん……って、言える範囲で大丈夫だけど」

「私は、その……イラストとか趣味で」

「イラスト？　それって描く方？」

「う、うん」

「え、すごい！」

イラスト！　絵描きさんだ！　初めて会った！

「そんな、見てもないのに……」

「じゃあ見せて！」

言ってから、踏み込みすぎなんじゃゃって思ったけれど、既に口に出してしまった後ではもう引き返しようがない。

前のめりにおねだりするわたしに、向井さんはちょっと身を引きつつ……でも、なんとなくまんざらでもない感じに見えた。

「……笑わない？」

「笑わない！」

「じゃあ……」

向井さんはもじもじしつつ、スマホを見せてくれる。

そこには……す、すごい。綺麗《きれい》で可愛《かわい》いイラストが映っていた。

町をバックに、女の子がこちらを振り返っている、そんなワンシーン。

正直、絵画みたいなのを想像してたんだけど……思ったより、デジタルで今風っぽいやつだった！

「え、すご」

普通に語彙を失った。

世間で人気の、プロのイラストレーターさんとか全然知らないし、比べたら違うのかもしれないけれど、素人目線で見たら普通にすごいし、わたしじゃ絶対できない！

「そんな……全然だよ」

「そうかなぁ。でも、とにかくわたしは好き！」

「あ、ありがと……」

向井さんはもじもじしつつ、スマホを引いてしまう。もうちょっと見たかったのに。

「これ、どうやって描いてるの？」

「普通にタブレットで」

「普通……？」

タブレットって、あれだ。スマホのデカい版みたいなやつ。

わたしは持ってないから分からないけど……イラストとかも描けるんだ。

「結構、プロの人でも、タブレットで描いてるっていう人多いんだって」

「へぇ〜〜」

全然知らない世界だなぁ。

「ねえ、向井さんの作品もっと見たい！」

「え……」

「あとさ、これは完全に思いつきなんだけど……今回の出し物の宣伝とかに使えるんじゃない？」

「えっ!?」

向井《むかい》さんが目を見開く。

まるでわたしがめちゃくちゃな提案をしたみたいに思ってるかもしれないけれど……でも、お世辞とかで言ってるわけじゃない。

わたしにとっては、向井さんのイラストだって、ステージに立つ三人に劣らない素晴らしいものだって思えたから！

でも、向井さん自身はそれほどの自信があるわけじゃないみたいで、渋い顔をしていた。

「わ、私には無理だよ。そんな実力ないし……それに、宣伝とかは、他の人が考えてるだろうから……」

「実力はあると思うけど。でも、確かに宣伝はそっか……」

繰り返しになるけれど、文化祭は陽の人のためのイベント。

わたし達《たち》みたいなキャラが出しゃばれるだけのスペースは、ない。

(でも、もったいないというか……)

宣伝はともかく、向井さんはもっと自信を持ってもいいと思う。

可愛く、綺麗で、なにより向井さんが描くのが好きなんだなって素人目線でも伝わってくる、そんな生き生きとしたイラストだった。

そういう特別なものを持っているのに、背中を丸めて身を縮こまらせているなんて……

もったいない以外に言葉がない。

　せめてなにか……そうだ！

「ね、向井さん。だったらさ、別に宣伝がどうとかはまたおいといて、それっぽいイラスト描いてみようよ！」

「え？」

「なんていうか、遊びの一環というか……いや、向井さんの趣味を遊びなんて、人聞き悪いかもしれないんだけど、そういうんじゃなくて、えと……」

　上手《うま》い言い方が出てこない。

　勢いで言い出した分、さっそく暗礁に乗り上げてしまう。

「……練習、みたいな？」

「そう、それ！」

　向井さんからのナイスな助け船！　わたしはすぐさま飛びついた！

「わたし、もっと向井さんのイラスト見てみたい！　そのために、わたしにできることなら、なんでも協力するから！……って、わたしなんかじゃ役に立たないかもしれないけど」

「……ううん」

　向井さんは首を横に振って、否定する。

「いつも一人で描いてるから、協力してくれるのすごく嬉しい。でも、いいの？」

「もちろん！　これがわたし達なりの、文化祭の楽しみ方ってことで！」

「うん……！　間《はざま》さん、私、やってみたい！」

「うん、やろう！」

　こうして、わたし達は廊下の端っこで、秘密の大作戦を約束した。

　日陰者の逆襲、というには大げさで、きっとわたし達のやることなんて、表には出ない些細《ささい》なことだろうけれど……それでも、なんだか楽しみが増えたのは確かだった。

　由那ちゃんと凜花さん。そして真希奈《まきな》。胃が痛くなるような問題は、変わらずまだ残ったままだけれど、少し気持ちも楽になった気がする。

◇◇◇

　そんな風に、由那ちゃんとも凜花さんとも話せる機会が減ったな……と思っていた矢先の土曜日。

「どうぞ、上がって。四葉《よつば》ちゃん」

「う、うん。お邪魔します」

　学校が休みの今日、わたしは朝から由那ちゃんの家にお呼ばれしていた。

　ちなみに明日は凜花さんにお呼ばれしている……いつぞやのような感じで、なんだか懐かしい。

ちなみに、どっちが先にわたしを呼ぶかはジャンケンで決めたのだとか。わたしの意志は……？　いや、どうせ暇だし、二人に呼ばれたら無理してでも予定空けるけど！

「今日、親いないの」

先導して歩きつつ、由那ちゃんがそんなキラーワードを口にする。

「へ、へぇ～……」

対し、わたしは上手く返せない。

そっかぁ、ご両親、いないいんだぁ……それだけで変な妄想……げふんげふん、期待をしてしまうのはなぜだろう。

（……なんて、そんなこと起きないか。由那ちゃんだって、疲れてるだろうし）

ステージに立つことが決まって、次の週から基礎レッスンとかで毎日遅くまで真希奈にしごかれているらしい。

運動神経抜群な凜花さんはともかく、由那ちゃんはそれなりに苦戦している……と、ちょっとだけこぼしていたのを思い出す。

今日だって、心なしか疲れている感じで……無理にわたしなんかのために時間を作ってくれなくても、自分のケアに時間を使って欲しいのだけど。

そう思いつつ、由那ちゃんの部屋に上がらせてもらい――。

「ね、由那ちゃ……んむっ!?」

その瞬間、唇を奪われた。

「ん、ちゅっ……んっ……」

「む、ぁ……」

（ゆ、由那《ゆな》ちゃん!?）

わたしの肩をガシッと摑《つか》み、一心不乱にキスしてくる由那ちゃん。

それを、わたしは目を白黒させつつ、なんとか受け止める。

でも、突然で、心の準備なんか全然できてなくて、こ、腰が抜ける……！

「ん、あ……はぁ……」

そんなわたしに追従し、由那ちゃんも膝をつき、それでも唇を離そうとはしない。

まだ朝だっていうのに、部屋の中には唇が撥《は》ねる音と、荒い吐息ばかりが響いていた。

わたしもクラクラして、なんとか息をしようと口を開けば、狙い澄ましたように由那ちゃんの舌が入り込んできて……電流が走ったような快感に、しようとしていた呼吸を忘れてしまう。

（死ぬ……死んじゃう……）

酸素が足りないのか、指先がぷるぷる震えてくるけれど……それでも気持ちよくて、心地よく、意識が飛んで――。

「ぷはっ！」

……と、気持ちよく気絶できそうな一歩手前で、由那ちゃんが離れてしまった。

「はぁ～～～……四葉ちゃん成分、やっと補充できた！」

なんか、葵《あおい》みたいなこと言ってる！

葵はそんな時、ぎゅって抱きついてくるくらいだけれど……でもこれは、あまりに強烈すぎる補充方法だ。

由那ちゃんはキスこそやめたものの、わたしの体にしなだれかかって、抱き枕みたいに思い切り抱きしめてくる。

「由那ちゃん、やっぱりお疲れ？」

「うん……」

わたしも抱きしめ返しつつ聞くと、由那ちゃんは甘えるように頷《うなず》いた。

「毎日毎日、基礎からみっちりやらされてさ……いや、まぁ、あたし達は素人だからそれくらい当然だって思ってるし、そもそもあの子から細かく指導を受けられるなんて、かなり贅沢《ぜいたく》な話だって思うけどさー」

愚痴る口ぶりだけれど、真希奈への信頼も感じた。

「そういえば、由那ちゃんと凛花《りんか》さん、どうして出演することにしたの？」

「え？」

「だって、最初は渋ってる感じだったし……」

先週の水曜日は、周りの目があったからその場で否定できなかったけれど、本心では絶対イヤ……そんな風に見えた。

なのに、翌日の木曜日にはあっさりと承諾していて……小金崎《こがねざき》さんと話したのもあって、すごく驚いた。

「それは……」

由那ちゃんが口ごもる。

抱きしめてくる手が、少し緩んだのを感じた。

「……四葉ちゃんには秘密」

「えっ」

「ていうか、そんなに改まって話すことでもないかなって！」

由那ちゃんはそう笑ってはぐらかした。

秘密って言うなら、わたしも無理に聞こうとは思わないし、そもそも人のこと言えたものじゃない。

だから、全然、いいんだけど……。

「あ、そうだ。四葉ちゃん、ちょっと見て！」

由那ちゃんはわたしから離れると、スクールバッグを漁《あさ》り、クリアファイルを取り出した。

「なに、それ？」

「えへへ～、衣裳《いしょう》案なんですって！」

「えっ！　そんなの、見ていいの!?　ひとまずクラス内でも関係者外秘って聞いたけど」

「四葉ちゃんはあたしの一生の関係者だから、おっけー！」

「一生！」

世間を賑《にぎ》わすコンプライアンス的にはアウトな気もするけど、一生というワードが嬉《うれ》しかったので見ないフリをする。

由那ちゃんが見せてくれたクリアファイルに挟まれたプリントには、真希奈が所属しているシューティングスターの舞台衣裳を真似《まね》たような、でもちょくちょくオリジナル要素の入ったアイドル衣裳……の、イラストが描かれていた。

パーティーとかで着るようなドレスチックな雰囲気で、全体的にカラフルで、フリフリしてて、ガーリィな感じ……語彙力の欠如！

確か、家庭部に所属している子が担当してるんだっけ。

「ほへぇ～……」

「まだデザイン段階だから確定じゃないけど、結構可愛《かわい》くない？」

「由那ちゃん、すっごい似合いそう……」

「ふふん。でしょ？」

由那ちゃんは嫌みなく、自分の可愛さを自覚している女の子。

自分に似合う服や、自分の見せ方を熟知していて、わたしも何度も虜《とりこ》にさせられている。

そして、そんな由那ちゃんなら、絶対着こなすって確信が持てるし、なんならきっとわたしの想像を優に超えてくる！

「あたし、こういうアイドルーって感じの服ってあまり着たことないから、結構楽しみなる。


のよねー」

「これ、絶対由那ちゃんファン増えるよ……！」

「あら？　あたしは四葉ちゃんからだけ、熱い視線もらえればいいんだけどなー？」

そんなアイドルにあるまじき問題発言をしつつ、由那ちゃんはスリスリと頭を寄せてくる。

可愛いし良い匂いだし……流出したら炎上不可避じゃん……！（主にわたしが）

「ね、もしもさ。この衣裳もらえるってなったらどうする？」

「えっ、もらえるの？」

「ううん、まだ分かんないけど。でも、取っといても仕方ないし、知らない人の手に渡るのも怖いでしょ？　ま、その点に関しては、あたしよりも小田《おだ》さんの方が深刻だと思うけど」

「あー……」

たまに芸能人が、若い頃の衣裳をオークションに出す、みたいな話を聞く。

真希奈が文化祭で、一度限りのステージのために着た衣裳なんて、たとえメイドイン高校生だったとしても、ものすごい価値がつきそうだ。

でも……一般人だからって、由那ちゃん達《たち》が軽んじられていいわけでもない。

「うん、絶対もらった方がいいと思う！」

「制作費くらい払うことになるとは思うけどね。でも、ちょっとわくわくしない？」

「わくわくって?」

「ステージが終わって、文化祭も終わって……また、四葉ちゃんを家に呼んでさ」

由那ちゃんがずいっと、より一歩、側《そば》に寄ってくる。

そして、耳元に唇を寄せて――。

「こすぷれえっち、みたいな」

「――っ!?」

「みんなに披露した、このアイドル衣裳を、四葉ちゃんのためだけにお披露目するの。今夜、あたしはあなただけのアイドルだよ――なんちゃって」

その魅力的すぎる、魅力的すぎて怖くなるくらいの強烈な提案に、わたしは上手《うま》く相づちさえ打てなかった。

「ふふっ、顔真っ赤」

由那ちゃんは嬉しそうに笑って、ちゅっと一瞬触れるだけのキスをする。

もう、アイドルだ。

由那ちゃんは完璧で究極に、わたしのハートを鷲摑《わしづか》みにした。

「じゃあ、今日は決起集会ってことで!」

そして、彼女はそう言って、わたしを床に押し倒してくる。

今日は服を脱がず、その上から体を撫《な》でてくる……もどかしくありつつも、くすぐったくし、気持ちよくて……。

「んっ……」

　つい反応してしまうわたしを見て、由那ちゃんは嬉しげに笑った。

「凜花の分なんか、残してあげないんだから♪」

　ぺろっと舌なめずりする由那ちゃんはやっぱり由那ちゃんで、でも今までの由那ちゃんよりもどこか計算された大人っぽさというか、より濃厚な由那ちゃんというか……！

　早くも垣間見《かいまみ》えた、アイドルの特訓の成果を、わたしは体感するのであった。

◇◇◇

　そして翌日。

「いらっしゃい、四葉《よつば》さん。昨日はお楽しみだったみたいだね」

　ひえっ。

　出迎えてくれた凜花さんの、どこか含みのある笑顔にわたしは身を竦《すく》ませた。

「由那から随分自慢されたよ。おかげでこっちも寝不足だよ」

「あ、はは……」

「だから……由那の分、全部上書きしちゃうくらい、四葉さんを味合わせてもらうから」

「へっ!?」

「なんてね」

ぱちん、とウインクする凜花さん。

でも、全然冗談って感じじゃなかった。

お二人とも、キラキラではなくギラギラなさって……なんだか肉食感強くなってないですか!?

「ほら、上がって。親は一応いないけど……いつ帰ってくるか分からないんだ」

「あ、そうなんだ」

「今、由那のご両親と一泊二日で温泉旅行行ってて。今日帰ってくるから、……だから昨日四葉さんを呼びたかったのに」

拗《す》ねるように唇を尖《とが》らす凜花さん。

そっか、たしかジャンケンでどっちの日に呼ぶか決めたって言ってたな。

「ま、それ以上に、一日でも早く四葉さんに会いたかったっていうのもあるんだけど」

「きゃっ!?」

玄関で、いきなり抱きしめられた！

「ちょっ、凜花さん!?　まだお部屋ついてない……!?」

「いいじゃない。今はまだ、二人きりなんだから」

でも、いつ帰ってくるか分からないって……いや、旅行から午前中に帰ってくるってことも、あんまりないとは思うけど、でも……！

「ああ、四葉さんを感じる……この腕の中に四葉さんがいるってだけで、すごく幸せだ

「……！」

なんか、玄関先で抱きしめられていると、すごく恥ずかしいというか……妙な背徳感を感じてしまう。

誰かがうっかりドアを開ければ見られてしまう。そうでなくても、たった一枚のドアだけしか外と隔てるものがない感じが、すごく頼りなくて……行為ひとつひとつに、すごく意識してしまう、みたいな。

「待たせて、ごめんね……凜花さん」

「ううん、いいよ」

わたしよりも身長が高くて、でも甘えん坊な凜花さんの背中を、落ち着かせるように撫でる。それだけで、落ち着いたみたいに腕の力が緩んで……そして恥ずかしそうにわたしの肩に顔を押しつけてきた。

この感じが可愛くて、嬉しい。

「四葉さん」

でも……今日はそれだけじゃなかった。

「ん……っ」

凜花さんがわたしの顎を上げ、唇を奪ってきた。

昨日の由那《ゆな》ちゃんみたいに、こらえきれないって感じで、強引に。

「ごめん、四葉さん。でも……ずっと、してなかった感じがして、早く君が欲しくて」

「りんか、さ……んっ」

そのまま、ゆっくりと押し倒されてしまう。

まだ、玄関なのに。たぶん普段、凜花《りんか》さんが家族と普通に会話してる場所なのに。

「なんか、ドキドキする」

わたしに覆い被《かぶ》さりながら、凜花さんが呟《つぶや》く。

でも、恥ずかしそうな素振りは全然なくて、むしろ堂々と、獲物であるわたしを仕留めんと瞳を光らせている。

「ねえ、四葉さん。どうしよう。これから毎日、ここを通るたびに、四葉さんとこうやってキスしたこと思い出しちゃいそうだよ」

「り、凜花さん」

「私、もっと四葉さんと一緒に過ごしたい。たくさん爪痕残して、いつも四葉さんのことを考えていられるように……」

キスの合間に繰り出される、甘く脳が溶かされそうなおねだりに、わたしはキスを返すことでしか、意志を示せない。

でも、凜花さんはそれで十分だったみたいで、ずっと爽やかで凜々《りり》しい笑みを浮かべていた。

◇◇◇

しばらくそうしていたか……すっかりお昼を過ぎた頃、ようやくわたし達は凜花さんの部屋に辿《たど》り着いた。

「今日は、四葉さんに見せたいものがあるんだ」

示し合わせていたんだろうか、それとも偶然か、由那ちゃんと全く同じようなことを言う凜花さん。

けれど、出したのはアナログなプリント用紙じゃなくて、自身のスマホだった。

「ダンスレッスンの動画なんだ」

「えっ、そんなの見ていいの？」

「四葉さんだから特別。といっても、練習を始めたばかりだし、全然期待しないで欲しいんだけど」

そうはにかみつつ、凜花さんは動画を再生する。

ワン、ツー、ワン、ツーと、真希奈《まきな》が声に出しつつ均等に手拍子を打っている。そしてカメラを構えているのは由那ちゃんだろうか？

どこかの空き教室を背景に、画面には凜花さんだけが映っている。

「さすがに、自分以外のを見せるのは良くないかなって思ってさ」

照れくさそうにそう言う凜花さんだけれど、動画の中の凜花さんはさすがの運動神経だ。

動きはキレッキレで、素人のわたしからすれば十分上手いのだけど……動画を見る凜花さんは、ちょっと落ち込んでいる感じだった。

「どうしたの、凜花さん？　すごくカッコいいと思うけど……」

「ありがと……四葉さんから褒められると本気にしちゃうな」

いや、本気なんですけど!?

「でも、小田さんからは随分注意を受けたよ。振り付けは十分すぎるくらい。だけど、あくまで動きをなぞっているだけで、表現というレベルには到達してない。指先まで意識を尖らせろ。それとカメラ――見ている人の目を意識しろ、とかね」

「見栄えってこと？」

「だね。だから、わざわざ録画して、客観視できるようにしてもらったんだ。この点においては……残念だけど、由那に完敗だよ」

はぁ……、っと溜息《ためいき》を吐《つ》きつつ、再生を止める凜花さん。

わたしからすればすごくカッコよくて、永遠に見てられるって思ったけれど、それは彼女補正働いているって言われてしまえば、きっとそれまでだ。

たぶん、凜花さんは彼女なりの課題に直面していて、その弱みを曝《さら》け出してくれて……。

「きっと、凜花さんなら大丈夫！」

「え？」

「あ……ごめん。具体的になにがどうってわけでもなくて……こんなの、気休めにもならないかもしれないけど」

「ううん。四葉さんがそう言ってくれることが、私にとっては一番のカンフル剤だよ」

凜花さんがスマホを床に置き、体を預けてくる。

「やっぱり、四葉さんと一緒にいるとすごく落ち着く。君のためならなんだってできるって、本気で思うよ」

「凜花さん……」

「キス、したいな」

「……うん、いいよ」

もう今日だけで何度もしたのに、わざわざ聞いてくるなんてちょっと卑怯《ひきょう》だ。

でも、受け入れる以外の選択肢はない。

しなだれかかってくる凜花さんを受け止めながら、わたしは彼女の唇を受け入れた。

「親がいつ帰ってくるか分からないから……音、できるだけ抑えようね」

そう言う凜花さんだけれど、手を緩める気は一切なくて……結局、親御さんが帰ってくる前に解散になったけれど、たっぷり成分を吸い取られたわたしなのでした。


そういえば、なんだかんだで、まだ二人のご両親とご挨拶したことないけれど……いざ会ったらなんて言えばいいんだろう。

――お二人ともとお付き合いしている、間四葉《はざま》です！

……なんて言ったら絶対殴られるもんなぁ……つらいです……。

◇◇◇

凜花さんちからの帰ると……家の前で、今でも夢だと疑いそうになるような、とびきり綺麗《きれい》な女の子が立っていた。

「あ、ようちゃん」

「真希奈……？」

相変わらず変装のようで変装になっていない帽子とメガネを身につけた、真希奈だ。

変装にならなすぎて、道行く人達《たち》に囲まれていないのが不思議なくらい……いや、わたしは彼女が真希奈だって分かってるからそう思うだけで、普通はこんなところに彼女がいるなんて誰も思わないいんだろうけど。

「どうしたの、こんなところで」

「ようちゃんと会いたくて、帰ってくるのを待っていたんです」

「そうなんだ……あれ？　わたしが出掛けてるって知ってたの？」

妹達に聞いたんだろうかとも思ったけれど、だったらうちに上がっているはず。

それに……天城《あまぎ》マキの大ファンな二人だ。もしもわたしの幼馴染《おさなな》《じ》みとして家を訪ねてくれば、容赦なくスマホが鳴らされていたに違いない。

「なぜ、知っていたのかといいますと」

真希奈はぐっと距離を詰め、まるで抱きしめるかのような目の前に迫ってくる。

そして、わたしの首筋に鼻を近づけた。

「すん……やっぱり、合羽《あいば》さんの匂い」

「えっ!?」

「金曜日、百瀬《ももせ》さんと合羽さんがやけにそわそわしていたので、もしかしたらお休み中にようちゃんと約束してたのかなーって。正解だったみたいですね」

にこっと笑う真希奈だけれど、わたしはぞくりと背中に何かが走る感じがした。

恐怖? ううん、ちょっと違う。

真希奈は些細《ささい》（かどうかは実際分からないけれど）な二人の変化から事情を察した。でも、本当にすごいのは、その直感を信じ、身を委ねたことだ。

わたしに直接聞かず、実際に家にいないかも確認せず、ここで待っていたのはそういうこと。

そしてそれは、やっぱり真希奈が、わたしが由那ちゃんと凜花さんの二人と付き合っているって、完全に確信していることを示している。

なんというか、わたしには絶対できない行動だ。

ただただ、真希奈という人間がすごいって、思い知らされてしまう。

「でも、それを知ってただ二日意味なく過ごすのも悔しいでしょう? だから、会いに来ちゃいました」

「そう、なんだ……」

「迷惑でした？」

「う、ううん！　全然!?」

不安げに眉尻を下げつつこちらの顔色を窺《うかが》ってくる真希奈。ああ、可愛《かわい》いなちきしょう！

凛花さんと会った直後の罪悪感とか、ちょっと汗かいてるかもとか、待たせちゃって申し訳ないとか……そういう諸々《もろもろ》の感情を一瞬吹き飛ばしてしまうほどの、あざといと言われそうなまでの仕草。

これが本物のアイドル!?　こんなの、一般女子高生のわたしにどうこうできる相手じゃない!!

「それと、ようちゃん。お願いがひとつあって」

「ええと、わたしに叶《かな》えられるレベルでしょうか……」

「ようちゃんじゃないとできませんっ」

軽く叱られてしまった。ぷんすか、と眉尻を上げる真希奈も可愛いんダワ。

でも、そりゃあわたしにできなきゃ言ってこないよね。真希奈ほどの人なら、わたしがどの程度ならできるか把握しているはず。そう安心しつつ、さらにわたしが下回って失望されてしまうのではと不安にもなりつつ……。

「引っ越ししてきて随分落ち着きましたし、そろそろようちゃんのご家族にも挨拶したいなって」

「えっ!?」

「だめ、でしょうか？　おじさまとおばさまにはとてもお世話になりましたし。桜《さくら》ちゃんと葵《あおい》ちゃんはあまり覚えていないかもしれませんが」

「いや、覚えてないっていうか、ある意味わたしより詳しいっていうか……」

「もしかして、アイドルの私をご存じとか？」

「もしかしなくても、知らない人はこの世にいないよ」

「それは大げさですよ。それに……ようちゃんはあまり、知らなかったみたいですし」

「う……！」

じとっとした視線に、思わず目を逸《そ》らす。

おかげで、真希奈のお願いを断りづらくなった。妹達がどんな反応するかという懸念を除けば、元々拒否するような話でもないし。

「それで、ようちゃん。どうですか？」

「い、一応確認してからだけど、それでいい？」

「はいっ」

もう、頷《うなず》くしかなかった。

これが真希奈の力だ。ただただすごいしか出てこない。

でも……。

「ねえ、真希奈」

「はい？」

「わたしにまで、そんなに気を張らなくてもいいからね？」

つい、そう余計なお世話を働いてしまう。

「え？」

「あ、いや……真希奈はきっと、わたしなんかじゃ想像つかないくらいずっとたくさんのこと考えてるんだろうなーっていうのは分かるけどさ。たまには肩の力抜かないと疲れちゃうでしょ、たぶん」

「………………」

真希奈は目を丸くしてわたしを見る。

そんなに予想外だったのかな……一瞬思考が止まったような、それくらいの間を感じた。

「……本当に、ようちゃんはようちゃんですね。その、絶妙に間の抜けたところも」

「えっ」

「私がどうしてこんなに肩に力を入れているか……本当に分からないんですか」

真希奈が一歩、さらにわたしに寄って、目を覗《のぞ》き込んでくる。

飲み込まれそうなくらい綺麗な瞳……息づかいまではっきり聞こえてくる。

それこそ、由那《ゆな》ちゃん、凜花《りんか》さん……この二日間で数え切れないくらいした、き、キスをしてきそうなくらい。

「……ふふっ。そう身構えなくても。同意いただかない内はしませんよ」

「え？……あっ、そうだよね!?」

わりといきなりキスされてばかりだから、キスに同意が必要っていう考えがなかった！

……ていうか、あれ？　なんだかキスして当たり前みたいな距離感にはなっている気が……？

「ほら、ようちゃん。確認してきてくれるんでしょう？」

「そ、そうだった！　ちょっと待ってて！」

わたしはドギマギしつつ、一旦真希奈《まきな》を置いて、家に入った。

◇◇◇

そんなわけで、家族に友達を紹介したいと伝えたのだけど——。

「お姉ちゃんが友達……？」

「それって本当に友達なのぉ～？」

桜、葵ともにこれ以上なく警戒してきた。

失礼な……と言いたいところだけれど、これまでわたしが紹介した友達は、二分の二でただの友達じゃなかったのだから、何を言われても仕方がない。

でも、今度は正真正銘友達だ……って、胸を張って言えるかは、やっぱり微妙なところ。

なんたって告白、いやプロポーズされているわけだし。返事もちゃんと返せていないわけだし。

本当に、情けないお姉ちゃんでごめん……。

「四葉《よつば》が友達なんて、珍しいな」

たぶん紹介するなんて初めてです、お父さん。

「もしかして、高校で仲良くなったっていう子達？」

いえ、彼女達とは違います、お母さん。

でも彼女達についても隠していることが色々あって……なんだかすみません。


と、いう感じになぜかダメージを負いつつも、確認が取れたので真希奈を招き入れた。

「お久しぶりです、おじさま、おばさま。それに桜ちゃんと葵ちゃんも……私のこと、覚えていらっしゃいますでしょうか？」

「は……えっ？」

「なっ、へ……!?」

目を大きく見開き、言葉を失って固まる桜と葵。

お父さんとお母さんも、二人ほどじゃないにしても、やっぱり驚いている。

間違いなく、四人ともの頭の中にはきっと、天城マキの名前が浮かんでいるんだろう。

「えっと、彼女、小田《おだ》真希奈さん。ほら、幼稚園の頃よく一緒に遊んだ」

「えっ、真希奈ちゃん!?」

「あらっ！　大きくなったわねぇ」

小田真希奈、という名前を聞いて、お父さんとお母さんも思い出したらしい。

真希奈も再び頭を下げる。

「ご無沙汰しています。つい先日こちらに引っ越してきまして。四葉さんも通う永長《えいちょう》高校に編入したんです」

間違いなく天城マキだと思いつつも、小田真希奈ちゃん（幼稚園児の姿）も思い出したみたい。

いきなり家に芸能人がやってきた！　という警戒は解け、すっかりいつもの笑顔を見せている。こういうところ、我が親ながら図太い。なぜわたしには遺伝しなかったんだ……？

けれど、我が妹達は違う。

「な、なんでマキちゃんがうちに……!?」

「お姉ちゃんと同じ学校に通ってるって……!?」

二人揃《そろ》って目を白黒させたままだ。

これはフォローが……ザ・お姉ちゃんフォローが必要ですな!?

「二人とも、覚えてない？　わたしが幼稚園の頃だから、二人はもっと小さかったけど」

「えっと……天城マキちゃんのそっくりさんとか……？」

「いいえ、桜さん。本名は小田真希奈ですが、芸名として天城《あまぎ》マキとも名乗ってますよ」

すごく自然に、真希奈が話に入ってくる。

「真希奈ちゃん、うちの子と一緒に、よくアイドルのライブ映像見てたもんねぇ」

「それが今や本物のアイドルか……なんだか時間が経《た》つのを感じるなぁ」

「ふふっ。昨日のことのように思い出せます」

「本物のマキちゃん……!?　ど、どうしよう桜ちゃん！　サインもらわなきゃ！」

「そ、それはさすがに失礼じゃない……!?」

「いいえ、大丈夫ですよ。全然遠慮しないでください」

す、すごい……！

ごく自然に我が家の会話の中心に入っていっている！

回転寿司《かいてんずし》のレーンの中の人みたいに、あれよあれよ、はいお待ち！　と返事を打ち返していくその姿は、正しく職人のそれだ!?

「お、お姉ちゃんっ、ちょっと！」

一人ぼーっと輪を外れ、真希奈の職人技を眺めていたわたしの腕を、輪から飛び出してきた桜が引っ張った。

「ちょっと、どういうこと!?」

「えっと……幼稚園の時の幼馴染《おさななじ》みが、実はアイドルになってた……的な？」

「そんなの聞いてないんですけど!?」

「わ、わたしだって気が付かなかったんだもん……！」

引っ越していった幼馴染みがアイドルになっていたなんて、マンガみたいなこと現実に起きるなんて思わないし！

「でも、転入してきたんでしょ？　だったら、もっと早く言うチャンスあったじゃない！」

「そ、それはぁ……」

仰《おっしゃ》る通りですので、わたしは視線を逸らすしかなかった。

だって、最初に来た日は活動休止が発表されたばかりで、二人も混乱するかなって思って……結局それからタイミングを失っていたというだけなんだけど。

でも、結局混乱はさせてしまったので、この言い訳は通用しないだろう。

「お姉ちゃん、まだ何か隠し事してるんじゃないでしょうね？」

「へっ？」

「もしかして、マキちゃんまでもその毒牙に掛けたんじゃゃ……」

「言い方!?」

小金崎《こがねざき》さんといい桜といい、わたしのこと毒蛇かなんかだと思ってるんじゃないか!?

善良だよ？　毒なんか持たないアオダイショウ系女子だよ!?

「そ、そんなことないよ……た、ただの友達……」

と、言い訳した丁度のタイミングで——。

「えっ！　前住んでた家をわざわざ買い戻したのかい!?」

「すごいわね、アイドルって……」

そんな両親の驚いた声が聞こえてきた。

なぜかギロッと目を鋭くする桜。

「な、なんでしょう……？」

「アタシには、お姉ちゃんの近くにいるためにわざわざ買い戻したっていう風に聞こえるんだけど」

「なんで!?」

でも、当たってる。桜ちゃん、鋭ぇ……。

「葵とも話してるもの。お姉ちゃんに近づいてくる女は基本みんな、お姉ちゃんを狙ってるに違いないって」

あ、違う。これ勘が鋭いとかじゃなくて、ただただ桜ちゃんがわたしのこと大好きすぎるだけだ！

わたしのこと大好きすぎて、他の皆が敵に見えてるだけだ!!

「えへへ……」

「なんで頭撫《な》でるの!?」

お姉ちゃんも大好きだよ～という思いを込めて、頭を撫でると吠《ほ》えられた。

でも、そうやってツンツンしてても可愛《かわい》いよ、桜。（イケボ）

「見て見て、桜ちゃん。サインもらっちゃった――あっ！　お姉ちゃんになでなでされてるっ！　ズルい!!」

と、ここで葵《あおい》参戦!?

真希奈からCDにサインしてもらったのを桜《さくら》に自慢しようとして、逆にダメージを受けてるみたい。わたしのことが大好きすぎる愛妹である。

その向こうではお父さんとお母さんが生暖かい視線を向けてきていて……なんか、二人はこういう姉妹仲には寛容なのだ。

……さすがにキスまでしたって知れば、怒るだろうけど。

なので、驚いているのは……この場では真希奈一人だった。

「べ、別にお姉ちゃんが勝手に撫でてきただけよ！」

「じゃあ葵も撫でて！」

「い、いいけど……でも、ほら、真希奈が見てるから」

「私のことは気にせず……いえ、それならようちゃん。葵ちゃんの後は私も撫でてください」

「「「なんで!?」」」

三姉妹で見事にハモった！

葵の「じゃあ」はいつものことだけれど、真希奈の「それなら」は全然予想外というか……!?

「なんだか、昔を思い出すなぁ」

「四葉と真希奈ちゃん、本物の姉妹みたいだったもんね」

うちの親はなんかしみじみ昔を懐かしんでるし！

確かに、昔の真希奈は大人しくて、わたしの方がずっとわんぱくで、どちらかといえばわたしがお姉ちゃんな感じだったけど！

でも今は完全に逆転してるから！

今の真希奈は超、超超超！　何個『超』をつけても足りないくらい大人だから!!

「もうっ、みんなしてからかわないでっ！」

「えー、からかってないよう」

「ふふっ」

葵がぶーぶー頬を膨らませ、真希奈が笑う。

後ろでは桜が溜息《ためいき》を吐《つ》いて、お父さんとお母さんはニヤニヤして。

これだけで、わたしの家内カーストがいかほどなものか、可視化されてしまうからつらい。

はいはい！　みんなのおもちゃ、間《はざま》四葉さんですよーっ！

「そうだ、真希奈ちゃん。独り暮らししてるってことなら、今日はうちで晩ご飯食べていかない？」

「え……いいんですか？」

「もっちろん！　ご馳走《ちそう》でもなんでもない、ただの家庭料理だけど、これからも嫌じゃなかったら気軽に来てくれていいからね」

「それじゃあ、お言葉に甘えさせていただきます」

わたしがいじられているのをよそに、母が好感度を稼ぎに行ってる……いや、特に他意のない言葉通りの提案だと思うけど。

でも、真希奈《まきな》も嬉《うれ》しそうだし、提案は大成功。さすがは母だ。

「じゃあ四葉、晩ご飯の準備、手伝って」

「はーい」

そして、間家の晩ご飯といえば、数少ないわたしが長女たる実力を示せる場でもある！

ふっふっふっ、真希奈よ。覚悟して待つがいい。わたしが家庭料理とはなんたるか、存分に教えてやるぞ！

「じゃあじゃあ！　待ってる間、真希奈さんは葵達《たち》とゲームしよ！」

「あっ、はい」

「ほら、桜ちゃんも。人数合わせにお父さんも」

「しょうがないわね」

「人数合わせかぁ……確かに、女の子達に交ざってゲームするのは変な感じだな」

あ、そっち楽しそう。いいなぁ。

「四葉、釣られない」

「ぐぬぬ……」

妹達がワイワイキャッキャッとしているのを傍目《はため》に家事をするというのも、長女の宿命。

唇を噛《か》みつつ、わたしは母と晩ご飯の準備を始めるのだった。

え、お父さんと代わったらって？　あれはダメ。間家の家訓には第一条に、父と葵はキッチンに立たせるなってはっきり明記してあるから。

◇◇◇

「遅くまで付き合わせちゃってごめんね。うちの親、おしゃべりだから」

「いえ……こちらこそ、こんなことになるなんて」

晩ご飯が終わり、真希奈を見送るために外に出てきた。といっても、見送るほどの距離じゃないし、こうして家から出たすぐのところで駄弁《だべ》ってしまうのだけど。

「軽く挨拶だけさせてもらうつもりだったんですが……」

「あー、やっぱり迷惑だった？」

「迷惑なんて全然！　むしろ、こんなに良くしてもらっていいのかな、って……」

「そんなの気にしなくていいよ。お父さんもお母さんも、真希奈に会えて嬉しそうだったし、またいつでも来ていいよって言ってたじゃん。それに、桜と葵は元々真希奈のファンだし」

「おじさまとおばさまはともかく、桜さんと葵さんからは警戒されてそうでしたけど」

「えっ！　そ、そうかなぁ？」

「見てて思いましたよ。二人とも本当に、ようちゃんのことが大好きなんだなぁって」

「あ、あはは……」

真希奈の目はホンモノだ。

わたし達の関係、どこまでバレてても、驚くけれど不思議じゃない。

「でも、久しぶりに家族というものに触れた気がします」

「あ……そっか、真希奈のご両親は……」

「いいんです。あんな人達のことなんて」

真希奈の声は冷たくて……でも寂しそうでもあった。

家庭の事情は前に聞いた。思い出すだけで、胸が苦しくなる。

もしかしたら、真希奈からすれば、わたしの家はお気楽に見えただろうか……？

「子どもの頃、私がまだこちらにいたときから、おじさまとおばさまにはすごくお世話になりましたよね」

「お世話ってほどじゃ……でも、ご飯はよく一緒に食べたよね。桜と葵が大きくなった分、騒がしくなっちゃったけど」

「今日は、あの頃と同じで……とても温かい気分になれました。ああ、家族ってこういうものだったな、って」

真希奈はそう言って、穏やかな顔で胸に手を当てる。

喜んでいいことじゃないけれど……真希奈にとっての家族って、わたし達なのかもしれない。

これから、真希奈はあの一人っきりの家に帰る。

もしもわたしが、「今日は泊まっていかない？」って聞けば、もしかしたら頷《うなず》いてくれるかもしれないけれど……。

(でも……言えない)

わたしは真希奈の気持ちを知ってしまっている。

答えはまだ返せていないけれど、でも……ひとつ確かなのは、やっぱりわたしには、由《ゆ》那《な》ちゃんと凜花《りんか》さんは裏切れないってこと。

幼馴染みとして仲良くしたい。真希奈の求めるものはあげたい。

けれど、一緒に夜を過ごすっていうのは、やっぱり特別に感じてしまう。真希奈にも、そういう意味での期待をさせてしまうだろうし……。

「ねえ、ようちゃん。ようちゃんのご家族は……本当にいいですよね」

「え？」

「みんな笑顔で、元気で……誰も争ったり、怒ったりしてなくて」

「け、ケンカとかはたまにするよ？　お母さんも怒ると怖いし」

「そういうのじゃなくて、なんというか……あまり上手《うま》く言えませんが」

真希奈は困ったようにはにかんだ。

珍しい。言葉選びに詰まるなんて。

「私の日常は、常に戦いでした」

「え？」

「何かを得ることは、誰かにその何かを失わせること……私がアイドルとして得た知見のひとつがそれです」

真希奈は空を見上げながら、独り言のように呟《つぶや》く。

「芸能界というのは華やかに見えて、常に競争させられる世界です。同じアイドルグループでもセンターに立てるのは一人。ドラマの主演も一人。何にも枠数が定められていて、そこに入るだけでもみんな必死。入れても結果を出せなければ次はない。必死に頑張って、頑張って……上手くいったらホッとする。でも、上手くいかないときもあって、そんな時は、自分の存在が丸っきり否定されたようで、価値がないって言われたようで……目の前が真っ暗になるんです」

表情が、どんどんなくなっていく。

真希奈の心が削られて、削られて……どんどんなくなっていってしまうみたいな。

「ようちゃんと一緒にいると、落ち着くんです。ようちゃんと一緒にいるだけで、幸せになれるんです。他の何を失ってもいい。そんなの些細《ささい》なことだ。貴女《あなた》は、私にとって世界を照らす太陽だから……なんて、大げさかもしれませんが」

わたし、そんなすごい存在じゃない。

そう思っても、口を挟めなかった。

今の真希奈はまるで、スポットライトを浴びた、舞台上の役者みたいで……対するわたしは、客席でそれを眺めるだけで。

否定も……受け入れることも、何もできず、ただそこにいるしかなかった。

でも……それはほんの一瞬。

舞台から降りた真希奈は、そのまま客席のわたしの前までやってくる。

嫋《たお》やかに笑い、手を伸ばし、頬を撫でてくる。

そして——。

「だから、ごめんなさい」

「え？」

「今日、最初に言ったことは訂正します」

真希奈はそう謝ると、目を閉じて——。

「……っ!?」

強引に、唇を奪い、重ねた。

「わたしにはようちゃんが必要なんです。どうしたって、貴女が欲しい。だから……絶対に勝ち取ります。たとえ貴女が、それを望まずとも」

真希奈は力強く、わたしを睨《にら》んで言った。

でも、どうして。

とても強く、凜々《りり》しいのに……あの頃の、小さい頃の真希奈がダブって見えた。

寂しそうで、泣いてしまいそうで……そんな顔、して欲しくないのに。

……気が付けば真希奈はもういなかった。

外にも拘《かか》わらず、わたしはその場にへたり込んで、動けなくて……先ほどの真希奈のように、空を見上げる。

空には殆《ほとん》ど星なんか見えなくて……ただ、真っ暗な闇ばかりが広がっていた。

幕間「譲れないもの」

それは、文化祭の出し物決めが行われた水曜日の放課後のこと――。


「お時間をいただき、ありがとうございます」

教室のドアに鍵を掛けた後、真希奈は同じく教室に残った二人に頭を下げた。

殊勝な態度ではあるが、対する二人――由那と凜花の顔には、はっきりと警戒の色が浮かんでいる。

窓の外は既に夕日で赤らんでいた。

放課後直後ではなく、部活動に勤《いそ》しむ生徒以外残っていないであろうこの時間までわざわざ待ったのは、この三人があまりに目立つからだ。

もしも三人とも教室に残る素振りを見せれば、殆どの生徒は興味を持って、その会談を見届けようとするだろう。

だからといって、「秘密の話をするから出て行って」と言うにも、この教室は彼女らだけのものではないのだから通らない。

それなら誰かの家で……というにも、彼女らはそういう和やかな仲ではない。

由那も、凜花も、真希奈《まきな》がどういう意図で彼女らと話したいと言い出したのか、具体的には分からないながらに、それがどんな……いや、誰を巡っての話なのかというくらい、察しがついている。

そしてその話が、穏便には進まないであろうことも。

「こうやって三人だけで話すのは初めてだね」

「ふふっ、そうですね、合羽《あいば》さん。なぜか注目はされてしまっているようですが」

警戒しつつ雑談を切り出す凜花に対し、真希奈の浮かべる笑みはあまりに自然だった。

目尻まで隙なく笑い、まるでこれから毒にも薬にもならない世間話に花を咲かせようとしているように見える。

小田《おだ》真希奈——いや、天城《あまぎ》マキは日本国民全員を相手取る名優。

当然、一介の女子高生である彼女らにその笑顔の裏の真意など測れるはずもないが、その演技力を発揮する程度に、本気でこの場に臨んでいると思えば、余計二人に警戒させるには十分だった。

「ねえ、貴方《あなた》って四葉《よつば》ちゃんの幼馴染《おさななじ》みなんですってね」

「はい、百瀬《ももせ》さん。ようちゃんから聞いたんですか？」

「そうだけど」

「酷《ひど》いなぁ、ようちゃん。私には、お二人とお付き合いしているなんて教えてくれなかったのに」

笑顔を全く崩すことなく、真希奈はあっさり言い切る。

二人ともと付き合っていることがバレている。

由那達《たち》も、そうかもしれないとは予期していたものの、さらっと当然のように言われれば、動揺せずにはいられない。

「っ……」

「さすがの洞察力だね」

身じろぐ由那を庇《かば》うように、凜花が一歩前に出る。

そんな二人を見て、真希奈は僅かに目を細めた。

「誤魔化そうとしないんですね」

「事実だからね。小田さんも、四葉さんが誰かと付き合ってるっていうのは知ってたんでしょ？」

「ええ。ですが、最初は男性と付き合っているとばかり思っていましたし、ましてやお相手が二人もいるなんて予想だにしていなくて。なんというか、ようちゃんにはいつも驚かされます……だから、大好きなんですが」

二人ともが四葉の恋人。

それに気が付いていながら、真希奈は四葉が好きという事実を隠そうともしない。

「まぁ、そういう関係だというのは、お二人はともかくようちゃんの態度で丸分かりでした。ああ、ご安心を。別に言いふらそうだなんて思っていませんから」

そうは言われても、二人からすれば一つ弱みを握られたような感覚になるのは否めない。

しかし、そんな縛りを課すのは真希奈としても本意ではないようで、この場では珍しく笑顔を苦々しげに歪《ゆが》めた。

「私には、他人の秘密を勝手に言いふらす趣味はありませんし、それに、二股しているなんて露見してしまえば、ヘイトが向くのは二股を掛けているようちゃんでしょう？　ようちゃんを危険に晒《さら》そうなんて、絶対にありえません」

「……そう。なら、それは信用するけど」

「それじゃあ、今日こうして、わざわざ私達と話す機会を作ったのはどうしてかな」

「ふふっ」

由那が頷き、凜花が質問を返す。

そんな二人を見て、真希奈は楽しげに笑った。

「なによ」

「いえ、すみません。悪気はなくて、ただ、お二人は息がぴったりだな、と思いまして」

「……なんか、含みのある言い方」

「とんでもない。クラスのみなさんが仰《おつしや》ってましたよ。お二人はずっと一緒の幼馴染み同士。最高にお似合いで、『聖域』なんて呼ばれているとか」

真希奈の言葉に二人は黙る。

聖域とは元々、周囲からの煩わしい視線を減らそうという目的で、由那が発案し作り上げてきた偶像。

しかし、四葉と付き合うことになった現在では、逆に足枷《あしかせ》になってしまっていた。二人はともかく、四葉が周囲からの視線を気にして、学校では肩身が狭い思いをしてしまっているのだから。

本当なら二人も四葉と付き合っていると公表してしまいたい。

それで彼女達に幻滅し、周りから人が離れていっても、四葉がいるならそれだけで幸せと自信を持って言える、と。

しかし……真希奈が公表を控えるとわざわざ宣言した通り、三人の関係は世間では決して認められないであろう、二股。

たとえ家族が相手でも、間違いなく非難される禁断の関係だ。事実、それで四葉の姉妹仲が崩壊しかけたのは二人もよく知るところではあるし。

たとえ本人達が納得していようが、現実まで寄り添ってくれるわけではない。

その後ろめたさがあるからこそ、恋人にアプローチを掛けようとしている真希奈にも、強く出られないのだ。

「私も、お二人は非常にお似合いだと思いますよ」

「はぁ!?」

「……何を言ってるんだ」

「いえいえ、別に他意はありませんよ。ただ、先ほどから息もぴったりですし、何より幼馴染みとして培ってきた強い絆《きずな》を感じさせますから」

そう、真希奈はどこか羨ましげに言う。

しかしそれはほんの一瞬だけ。真希奈の目は、ここで初めて、ほのかな敵意を滲《にじ》ませた。

「そう、お二人にはそれだけの強い絆がある。なのになぜ、ようちゃんに拘《こだわ》る必要があるんですか？」

「は……？」

「なぜって……」

純粋な疑問というには、随分と熱の籠もった声。

言葉だけをなぞるなら、侮辱のようにも捉えられる。

そんな真希奈の問いかけに、由那《ゆな》も凜花《りんか》も、すぐに答えられない。

真希奈の、名優の仮面を超えて滲み出る敵意に、怯《ひる》んでしまっていた。

「……いえ、そんなことを今、わざわざ問い詰めても何の意味もないですね」

しかし、真希奈は答えを聞く前に自ら話題を打ち切った。

まるで、この問いかけに込められた……いや、込めてしまった感情に気付かれるのを恐れるように。

「本題に戻りましょう。こうして、わざわざお二人にお声がけした理由ですが」

そうして次の話題へと進める真希奈。

二人はその微妙な違和感に気が付きつつも、触れない。

そういう雰囲気ではないというのもあるし、彼女達も深く掘り下げたくない話題だったからというのもある。

「今日、文化祭の話で出ていたじゃないですか。出し物について」

「あの、アイドルステージのこと？」

「はい。私はあの時言った通り、そのステージに立っても良いと思っています」

「でも……条件がどうとか、言っていたよね。自分だけが立つのは嫌だって」

「だってせっかく学生をやっているんです。一人で歌うのも寂しいじゃないですか」

ニッコリ笑う真希奈だが、それが本心ではない――いや、かけらは思っているかもしれないが、本筋ではないのは明らかだった。

「まさか……四葉ちゃんを一緒に出させようってんじゃないでしょうね？」

「ふふっ、それも確かに、素敵な思い出になりそうですね」

「冗談じゃないわよ……そんなステージに立たされたら、四葉ちゃん、恥ずか死んじゃうじゃない！」

「由那、どうどう」

摑《つか》みかからんとする勢いの由那を、凜花がすぐさま肩を摑んで止める。

「でも、考えてもみてください。人々の視線に晒され、小動物のように身を震わせつつも、みなさんの期待に応えようと頑張ってファンサービスに勤しむようちゃん……とても可愛《かわい》らしくないですか？」

「それは……確かに」

凛花は思わず頷《うなず》く。

フリフリのアイドル衣装に身を包み、恥ずかしげに身を縮こまらせ、口の端もヒクヒクさせて、顔も真っ赤にさせてしまって……そんな姿、見たくないと言うのは嘘《うそ》になる。

「そして、必死にステージを終え、バックステージに帰ってくるようちゃんをそっと抱きしめるんです。ようちゃんは重圧から解放されて、ほっと安心しつつ、抱きついてきて……腕の中で『わたし、頑張ったよ?』と、少し照れつつも甘えてきて……ああ、想像の中でもなんて可愛いんでしょう。好き……推せる……」

「分かる……！　ていうか、四葉ちゃんの解析度高すぎない!?」

「そりゃあ、幼馴染みですから」

「ぐ……ていうか、あんたがどう思っていようが、四葉ちゃんはあたし達の彼女なんだからね!?」

「そうですね。今のところは」

「はぁ!?」

「まるでそうじゃなくなるみたいな言い方だね」

不快感を露《あら》わにする二人に、真希奈は一切怯まない。

むしろメラメラと、好戦的な雰囲気を強くしている。

「まぁ、それはともかく……話を戻しましょう。アイドルステージの話です」

「っ……そうね。じゃないと帰れないし」

「言っておくけれど、もしも四葉さんをステージに立たせたいって言うなら、私は反対させてもらうよ。確かに四葉さんは可愛いし、アイドル姿は見てみたいけれど、それは彼女を犠牲にして成立させるものじゃない」

「ええ、おっしゃる通りです、合羽さん。私もようちゃんを苦しませるのは本意ではないですし、そうするつもりもありません。それに……もしも本当にようちゃんがステージに立つなら、一緒にパフォーマンスをする私、バックステージでようちゃんを支える私、そして観客席でようちゃんの勇志を見守り応援する私の三人が必要じゃないですか！」

ぐっと拳を握り、力説する真希奈。

今日ここに来て一番の、名優らしからぬ素の表情に、由那も凛花もただ呆気《あっけ》に取られる。

そして同時に、改めて理解させられる。

（やっぱり、小田さんも……）

（本当に四葉さんのことを……）

四葉に絆《ほだ》され、心を奪われた者同士、通じ合ってしまう。

彼女は有名人の道楽でも、幼馴染み故の義務感でもなんでもなく、本気で四葉を愛しているのだと。

それほどまでに、今の真希奈の表情は……天城マキのそれとは、全く異なるのだから。

もちろん、四葉の彼女である二人からしたら、諸手《もろて》を挙げて受け入れられる話でもないのだけれど。

「……こほん。失礼いたしました」

真希奈《まきな》としても不覚だったのか、あからさまに咳払《せきばら》いを挟み、仕切り直す。

「百瀬《ももせ》さん、合羽《あいば》さん。私はお二人とステージに立てるのなら、出演を受け入れても良いと思っています」

「えっ」

「私達……？」

クラス中から期待を集めていたのは、二人も当然気が付いていた。

しかし、真希奈本人もそれを求めているとは思っていなかった。

「ええ。単純な考えではありますが、お二人とならとてもステージが華やぐと思うんです。それはもちろん、容姿的にという話ではありますが」

二人とも自分達の容姿が優れている自覚はあるし、トップアイドルから褒められるとなれば素直に嬉《うれ》しい。

ただ、だからといって、同じステージでパフォーマンスができるかといえば全く別の話だ。

「……それってバックダンサーとかって意味？」

「いいえ、私達三人でアイドルユニットを組むんです。当然、バックもフロントもなく、私達三人は対等な仲間同士ということになりますね」

「はぁ!?　そんなの無理に決まってるでしょ！」

　喜ぶ隙間もなく、由那は叫ぶ。

「私達《たち》はただの高校生だよ。そう簡単に君と肩を並べることはできない。それは小田《おだ》さんが一番分かってるんじゃない？」

　凜花も由那に頷く。

　確かに、クラスの期待は三人に向けられていた。

　最悪、真希奈を引き立たせる賑《にぎ》やかしというのであれば、一考の余地くらいはあったかもしれないが。

「そんなことはありません。私もお二人も、同い年の高校生じゃないですか。それに、出会ってからたった数日しか経《た》っていないのにと思われるかもしれませんが、お二人には素質があると思いますよ」

「素質って……あ、アイドルの？」

「ええ、合羽さん。お二人には人を引きつける魅力を感じます。そもそもそれがなければ、『聖域』なんて仰々しい呼び方されないでしょうけれど」

　目を白黒させる凜花に、真希奈は丁寧に説明を重ねる。

　由那も、凜花も、これまで何度か芸能的なスカウトを受けたことはあった。

　彼女らにそういう業界への憧れは特になく、詐欺などのリスクもあり、本気に受け止めてはこなかったが……重ね重ね、これは現役トップアイドルの言葉だ。説得力が違う。

「合羽さんは運動能力が非常に高く、ダンスをはじめ、ステージ上でのパフォーマンスはあなたの独壇場になると言っても過言ではないでしょう。百瀬さんは頭の回転が速く、自身の魅せ方も理解されていますから、アイドルは正しく天職と言えるのではないでしょうか」

「え、ええと」

「そう、かしら……」

思い切り褒められ、二人とも身じろいでしまう。

ただ、彼女らの心境を明け透けに言ってしまうのであれば……悪い気はしていなかった。

「そう、十分素養がある……だからこそ、私もこの提案ができるんです」

「提案……？」

「文化祭で、私と共にステージに立ち……勝負してください」

「は？」

「勝負!?」

「内容は単純明快。ステージ後にアンケートを採り、最も票を集めた者の勝利……これでいかがでしょうか？」

「ちょ、ちょっと待ちなさいよ!?」

「いくらなんでも、そんなの成立しないんじゃ……!?」

「もちろん、ハンデは設けます。とはいえ、あからさまに手を抜くのは興ざめもいいところ。なので、お二人の票は合わせてカウントしていただいて結構です。そして、必要に応じて、本番までに得票倍率をどうするかなど、検討をしていけばいいでしょう」

これこそが、真希奈がこの場を設けた本題だった。

二人は背筋が伸びるのを感じながらも、やはり分の悪さを感じてしまう。

それはまるで、大人と子どもが腕力で競おうとでも言うような……いや、それ以上に力の差がある話。

ハンデをつけると言われても高が知れている。

「この勝負、賭けるのは当然……ようちゃんです」

「「っ!!」」

四葉《よつば》を賭ける。

そう言われれば、二人も冗談で流すわけにはいかない。

「それって、あたし達が負けたら別れろとか言うんじゃないでしょうね!?」

「そんなの受け入れる義理はないし、そもそも勝負の景品にするような話じゃない」

「ふふっ、もちろんそんなこと言いませんよ。それに、もしも別れるよう求めるのなら、この場にようちゃんも呼ぶ必要がある……けれどようちゃんは、私達が争うことは求めないでしょう。なので、勝負もこの三人だけの秘密で行いたいと思っています」

「思っていますって、まだあたし達は受けるなんて言ってないわよ」

「そもそも、四葉さんに秘密で四葉さんを賭けるって……意味が分からない」

「簡単ですよ。もしも私が勝ったら、ようちゃんに対するアプローチについて、一切邪魔しないでいただきたいんです」

「なっ……!?」

「当然、お二人はようちゃんと付き合ったままで結構です。ただ……その先どうなるかは、お二人の努力次第ですが」

分かりやすい挑発だが、恋人にちょっかいをかけると堂々と宣言されては、大人しくしてもいられない。

一気に教室内が剣呑《けんのん》とした空気に包まれる。

そんな中でも、真希奈は最初に見せていたのと同じ笑みを浮かべているが……二人からすれば、それも挑発しているように見える。

「もしも勝負を受けなかったらどうなるのよ」

「今までと変わりませんよ。私はようちゃんを手に入れるため全力を尽くします。もちろんお二人は恋人として邪魔していただいてもいいですが……」

「邪魔するっていうか、堂々と奪おうって宣言するのはどうなのさ!?」

「道理にそぐわないことを言っているのは重々承知しています。しかし、私にとってようちゃんはそれだけの存在なんです。恋人ができたからって、はいそうですかと引き下がれないくらいに……たとえ仮に『私』という存在が社会的な終わりを迎えたとしても」

真希奈には言葉よりも重たい、覚悟があった。

彼女が想《おも》う四葉と付き合う、真希奈にとっての障壁である二人には、それがビリビリと、体が震えそうになるくらい伝わってくる。

「……もしも、私達が勝ったらどうするの」

勝負を受けるか受けないか。

それを考えるより前に、凜花《りんか》はそう問いかけていた。

「もしも私が負ければ、その時は……ようちゃんに二度と、そういう意味でのアプローチは掛けないと誓います」

「あんたは……それで、いいわけ？」

「私は今まで、自分の欲しいものは全て、自分の力で勝ち取ってきました。だから……だからこそ、ようちゃんだってこの手で摑《つか》んでみせる。勝てない私に価値なんてないから」

自らに言い聞かせるように、真希奈は吐き出す。

それは、真希奈の人生そのものだった。

両親の不和、大切な幼馴染《おさななじ》みとの別れ、アイドルとしての大成。

周囲は常に、真希奈に失わせる。同業者からの嫉妬や陰口、心ないアンチコメントを容赦なく浴びせられ、負ったストレスは計り知れない。

それでも、彼女は必死に戦い、勝利を重ねてきた。難癖をつけられないよう、正々堂々と。

最早《もはや》、小田真希奈が本来臆病で、ネガティブで、気弱な少女だったと知る者はもう殆《ほとん》どいない。

だからこそ、今回も、挑戦状を叩《たた》きつけずにはいられなかった。

渡りに船とはいえ、真希奈に都合の良い勝負内容であるのは……それだけ四葉への執着が強いからかもしれない。

「「…………」」

そんな真希奈の決意に当てられ、二人は押し黙る。

しかし、だからといって怯《ひる》んだわけではない。

むしろ……その逆。

「……いいわ」

口火を切ったのは由那《ゆな》だった。

「その勝負、受けてあげる。いいわよね、凜花」

「うん」

凜花も力強く頷《うなず》く。

対し、真希奈は驚き目を見開いた。

「……本当に、いいんですか」

「ここで引いたら、君は私達をその程度の存在だって見切るよね。けれど、四葉さんの彼女として、舐《な》められたままじゃいられないから」

「でも、こっちは素人だし、あんたも言った通り、中途半端なものを見せるのも興ざめだし……ちゃんと指導してもらうってのが条件！　手を抜いたりしたら勝負は無効だからね!?」

「……ええ、もちろんそのつもりです」

この勝負は、表向きの条件のためだけではない。

由那と凜花。真希奈。双方の格付けでもある。

本当の意味で四葉に相応《ふさわ》しいのは自分だと、完璧な勝利を収めなければ、意味がない。

「私は貴女《あなた》達と完璧なパフォーマンスを演じ、その上で圧倒してみせます」

トップアイドルと女子高生。

それはまさに、象と蟻《あり》の戦い。

しかし、真希奈には油断はなかった。

なぜなら対峙《たいじ》する二人は、彼女が褒めた通り、確かに特別な魅力を持っているから。二人の目には、たとえ相手が象であっても怯むことはない、かつての自分が成り上がるのに最も必要だった素養が、確かに宿っているから。

そして——。

（ようちゃん……私は、必ず勝ちます。絶対に、勝ちます）

真希奈自身、思わず拳を固く握らずにはいられない、自覚しきれないほど強大なプレッシャーを感じているから。

「はぁ……」

してしまった。

とうとう、真希奈《まきな》とキスをしてしまった。

一方的に、強引に――だからわたしは悪くない……なんて、そんな簡単には片付けられない。

なぜなら、由那ちゃん、凜花さん、それに葵《あおい》。これまで何度もいきなりキスされて、驚きこそしても嫌な気分なんか全然なくて……そして、真希奈にされたときも、そうだったから。

（貞操観念ガバガバすぎるでしょ、わたし……！）

自分で自分を責めたくなるけれど、「今更だしなぁ」と開き直ってしまう自分もいる。

それも含めて、やっぱりわたしって最低だって自覚するんだけど。

「……間《はざま》さん？」

「え？　あ、ごめん！　何か言ってた？」

「う、ううん。でも、なんだかお疲れっぽかったから」

相変わらず廊下の隅っこで、隣に座る向井《むかい》さんが心配そうに首を傾《かし》げた。

『寝溜《ねだ》め、できなかったの？』

「うん……結局、体安まらない休日を送りまして……」

わたしにしては中々に忙しい土日だった。

最後なんてごそっとメンタル削られたし……確実にお休み前より憔悴《しょうすい》してると思う。

「あの、無理して付き合ってくれなくても大丈夫だよ？」

「ううん！　大丈夫！　ていうか、付き合ってもらってるのはこっちだし！」

今は雑用はそこそこに、例のイラストについて話していた。

お休み中、しっかり準備してきてくれた向井さんは、今日、実際にイラスト製作に使っているというタブレットを持ってきてくれたのだ。

そして早速、ラフとか線画っていうんだろうか、いくつか実際にステージの宣伝に使えそうなイラスト案を見せてくれたのだけど……。

「うーん……」

向井さん自身納得していないのか、難しい顔を浮かべていた。

「なんか、いまいち……」

「そうなの？」

「うん。なんだか構図にリアリティがないっていうか……」

正直わたしには全然分からない。

わたし、美術の成績も良くないので。

「普段はね、デッサン人形で確認したり、ネットで参考になりそうな写真とか探したり、自分でポーズ取ってみたりしてるんだけど……三人の感じでぴったり嵌《は》まるイメージがなくて」

「にゃるほど……」

向井さんのイラスト、あれから渋られつつも何枚か見せてもらった。

どれも綺麗《きれい》で、可愛《かわい》くて、わたしは大好きなんだけど……言われてみたら確かに、女の子が一人で映ってるって作品が多かった気がする。

素人考えだけれど、確かに人というか、描くものが多くなればなるほど、難しくなりそうなもの。

というかわたしだったら、人一人描くにも、腕とか足の長さ、全体的なバランスとか……そういうのの整合性は持たせられないだろうし。

「もちろん、そういうの全部、直感的に済ませられる人もいるんだろうけど、私には難しくて」

「そっか……じゃあ、あの三人にモデルになってもらうよう頼むとか？」

「そ、それができれば一番だけど……でも無理だよ、さすがに」

「だよねぇ」

今、向井さんが描こうとしているのは由那ちゃん、凜花さん、そして真希奈の三人。

仮に、彼女達《たち》にポーズを取ってもらって、それをイラストにするっていうなら、向井さんが引っかかっているリアリティっていう点は解決するかもしれない。

ただ、わたし達がやっているのはあくまで水面下での話であって、実際の文化祭には関わらない、いわば遊びみたいなもの。

それに三人を巻き込むっていうのは反則というか……確かに気が引ける。

「じゃあ、代わりの人がいれば、それはそれで参考になるのかな」

「え？」

「たとえば……わ、わたし、とか？」

言ってて恥ずかしくなる。

自分をモデルにしてなんて、あまりに自意識過剰な感じもするけれど、なんでも協力するって言った手前、言わないわけにもいかなかった。

力不足なら断ってくれて大丈夫だよ、という後ろ向きな気持ちを、すぐにでも出せるように喉奥へ控えさせながら。

「えっ！　すごく助かる！」

でも、それを出す隙間もないくらい、向井さんは食い気味に頷いた。

「ただ、それでも二人だから、一人足りないけど」

「そ、そっか……」

「それに欲を言えば、私は資料用の写真を撮りたいから、間さんとは別に二人……できれば小田《おだ》さん、百瀬《ももせ》さん、合羽《あいば》さんっぽい身長差で並んでくれると嬉《うれ》しかったり」

「にゃ、にゃるほろ……」

身長順でいうと、高い方から凜花さん、真希奈、由那ちゃんという順番になる。

厳密に合わせる必要はないと思うけれど、良い感じに身長差を出せそうな人かぁ……。

「……あれ？」

「どうしたの、間さん」

「もしかしたらいけるかも！」

三人を除いた、わたしの持つ交友関係。

それをフル動員させて考えると……確かにいる。身長差、どんな感じに見えるかは実際に並んでみないと分からないけれど。

「で、でも、迷惑じゃないかなあ……」

「聞くだけならタダだし、ちょっと確認してみる！」

「う、うん……」

喜んでくれると思ったんだけど、向井さんは俯《うつむ》いて……あっ。

「もしかして嫌だった……？　ご、ごめん！　わたし、あまり空気が読めないっていうか
……全然遠慮しないで言ってくれて大丈夫だよ⁉」

「そういうんじゃないの！　ただ……どうして、間さん、そんなに良くしてくれるのかなって、分からなくて……これまで全然、話したことなんかなかったのに」

「え、えと、単純に、向井さんの描くイラストが好きだから」

「そんなに、すごいものじゃないよ……」

向井さんはそう言って、俯いてしまう。

もしかしたら、一方的にプレッシャーをかけすぎてしまったかもしれない。

イラストは向井さんにとって、細やかな趣味だったのかもしれない。それをわたしに打ち明けてくれて、でも、わたしは話をどんどん大きくしようとしちゃって……。

向井さんはやっぱり、わたしに似ている気がする。失礼かもしれないけれど、大人数でわいわいするより、自分の時間を大切にしたい……みたいな。

わたしの場合、誰かと関わって傷つくのが怖いっていうのが大きくて……だから逆に、心許せる人となら、一緒に過ごすのはむしろ嬉しいと感じるのだけど。

確かに、向井さんとこうやって話すようになったのはここ最近だ。

でも、わたしにとってはもう、心許せる人になっている。

もちろん向井さんにもわたしをそう思って欲しいなんて、そう思うのはおこがましいかもしれないけれど……。

「……わたし、実は料理が得意なんだ」

「え……？」

突然全く関係ない話をし出すわたしに、向井さんが眉をひそめる。

「あっ、得意っていってもね。相対的に見てっていうか、わたしの数少ない取り柄というか……だから、お店で出せるレベルとかじゃ全然ないんだよ!? 素人丸出しって感じで」

得意とか、特技とか、そういう言葉はあまり好きじゃない。だって、わたしにとって特別でも、誰かから見たらてんでダメかもしれないから。

期待を煽《あお》って、落胆されたらって思うと……わたしって、わたしの得意だって思ってる料理って、大したことないんだなって、恥ずかしくなる。

でも……。

「人と比べたら、きっとちっぽけで、笑われちゃうかもって思うんだけどさ……でも、家族が、お父さんとお母さん、妹達が、わたしの料理を食べて美味《おい》しいって言ってくれるんだ。それが嬉しくて……だから、わたしは料理がしたいってまた思える」

いきなりこんな話をして、困らせるかもしれない。

でも、向井さんはじっとわたしを見て、話を聞いてくれていた。

まぁ、自分語りなんてただの前座でしかなくて、わたしが言いたいことはずっと変わらない。

「わたしさ、向井さんのイラスト、大好きだよ。わたし、絵を描いても下手くそだし、詳しいってわけでもないけどさ……でも、向井さんの描いたイラスト見て、すごくいいなって思った！ どこどこが技術的に優れてるとか、何ができたら上手《うま》いとか分かんないけど、でも、もっとたくさん見たいし、わたしの……わたしの友達を描いてもらえるなら、絶対見たい！」

これがわたしの切実な思い。

身勝手かもしれないと知りつつも、この期待はかけずにはいられない。

そして、そんな気持ちは口に出さないと駄目なんだ。一方的で、無責任だって分かってるけれど、でも、もしかしたら、孤独に苦しんでいるかもしれないから、だから……！

「………」

そんなわたしの本気の訴えに……向井さんは、また俯いてしまう。

「……えへへ」

けれど、さっきとは違って、こらえきれなかったとばかりに、笑みを溢《こぼ》してくれた。

「なんか、恥ずかしい」

「ご、ごめん……」

「でも、嬉しい。そんな風に言ってくれる人、初めてだし……こんなに、自分のイラストを求めてもらえるのが嬉しいって思わなかった」

「初めて見たときだって、ちゃんと言ったのに」

「お世辞かと思っちゃって。それに、あの時は…………ううん、なんでもない」

あの時は、なんだろう？

ちょっと気になったけれど……まあ、いっか。過ぎた話だし！

「間さんって、真《ま》っ直《す》ぐだよね」

「へ？」

「なんか、素直っていうか、無邪気っていうか……でも、だから、私も頑張ってみる！」

「向井さん……！」

「だから、さっきの……お願いしてもいいかな……？」

「うんっ、聞いてみる！」

わたしは力強く頷《うなず》く。

正直、成功確率は五割を下回っている気がするけれど……でも、向井さんを焚《た》きつけた手前、たとえアスファルトに額を擦《こす》りつけてでも、絶対協力にこぎ着けてみせる！

◇◇◇

そうこうして、今日、土曜休日昼下がり。

間四葉《はざまよつば》の呼びかけの下、戦士達が集まった！

「………………」

「痛い痛い!?　チョップしないでくださいっ!?」

「貴女《あなた》のドヤ顔が、あまりに癪《しゃく》に障ったものだから」

最初の戦士、小金崎舞《こがねざきまい》さんに強い反撃を受けつつ、わたしは室内を見渡す。

「ヨツバの妹ですのっ!?　可愛いですの！」

「えっ、この人、本当に年上なの……？　可愛すぎじゃ……!?」

「あのっ、撫《な》でてもいいですか!?」

「いいですの～」

ソファでイチャイチャするのは、「小金崎さんいるところに影あり」な、現代を生きる天使、咲茉《えま》ちゃん!

そして、そんな天使に魅了されつつ、困惑しつつなわたしの天使、桜《さくら》に葵《あおい》!

そしてそして!!

「はわわ……間さんの人脈、どうなってるの……!?」

リビングの隅でびくびく震えている向井《むかい》さん!

ここに集いし……ええと、わたしを入れて、いち、にぃ、さん……この六人の戦士達こそ!

ヨツベンジャーズである! ばばんっ!

「うるさい」

「痛っ!? 何も言ってませんが!?」

「顔がうるさい」

「そんなぁ!」

そんな理不尽な理由で叩《たた》かれたなんて!

でも、頭の中で浮かべていたドヤ顔が表に出ていなかったとも限らず、わたしは口を閉ざすしかなかった。しゅん。

「どうしたの、向井さん」

「ん？　どうしたのじゃないよお！　これ、どうなってるの!?　大人しくついてきた私も私だけど！」

「は、間さん……！」

向井さんが涙目で訴えてくる。

気持ちは分かる。わたしも最初ここに連れてこられたときは、何が何だかって感じだったし。

そう、ここは小金崎さんの家。高層マンションの一室！

ここを押さえるのには中々苦労したけれど、今日の目的にはかなりマッチしていると思う。

ただ、向井さんのことは萎縮させてしまったらしい。

……よくよく考えなくても、もしもわたしが向井さんの立場だったら、同じ反応してたかもしれない。

「ていうか、あの女帝さんの家に遊びに来れるくらいの仲だったんだ、間さんって……」

「女帝？」

家っていうと、当てはまるのは一人しかいない。

「小金崎さん、女帝って呼ばれてるの？」

「私もよく知らないけど、そう聞いたことがあるっていうか……」

「へぇ……でも、ぴったりかも。わたしもそう呼んでみよっ――痛い痛い!?」

「聞こえているわよ、間さん？」

背後からガシッと、肩を摑《つか》まれた。当然女帝に！

わざわざわたしの名前だけを呼んだのは、向井さんには怒ってないよっていうアピールだと思うけれど、向井さんは痛みに呻《うめ》くわたしと、その背後の小金崎さんを見てぶるぶる震えていた。

「と、とりあえず……そうだ！　自己紹介しましょ！　殆《ほとん》ど初対面のメンバーばかりですから！」

なんとか女帝の剛力から逃れるため、話題を絞り出す。

口から出任せだけれど、わたしにしては良い提案だったんじゃないだろうか!?

「間さんにしては良い提案ね」

女帝からのお墨付きもいただけました！

「じゃあ、そっちの三人も集合！」

咲茉ちゃんとお楽しみをしていた妹達《たち》にも声を掛け、改めて六人顔を合わせることに。

「じゃあ自己紹介を……誰からやったらいいんですかね」

「私に聞くの？」

だってこういう場を仕切ることなんてないんだもん！

小金崎さんに助けを求めると、ものすごく呆《あき》れられた。だってぇ！

「はいはーい！　じゃあ、若い順で葵から！」

と、ここで当代随一の陽キャ、我が妹、葵が名乗りを上げた！

年上だらけの環境でも一切物怖《ものお》じしない明るい感じ……カッコいいよ、葵ちゃん！

「中学二年生、間葵です！　好きなものは……四葉お姉ちゃんですっ！」

好きなもの!?　名前だけ言えばいいと思ってた……。

「えへへ、共通の話題とかあったら、もっと仲良くなれるでしょ」

わたしの動揺を察してか、葵がニコニコ笑いながら補足してくれる。

なるほど……一理ある！　それに嫌いなものより、好きなもので話題が広がった方が楽しいもんね！

でも葵ちゃん？　その目的なら、好きなものにお姉ちゃんを挙げるのは適してないと思うよ？

「じゃあ、葵の次は……桜ちゃん！」

「わ、分かってるわよ」

コホンと咳払《せきばら》いしつつ、桜が一歩前に出る。

「間桜です。中学三年生です。好きなものは……お、お姉ちゃんです」

桜ちゃん!?

葵ちゃんに煽られてか、対抗してか……普段そんなストレートに好きって言ってくれないのに！　好きでいてくれてるのは知ってるけど!!

「間さん、妹さん達から慕われてるんだね……」

「あ、いや……サービス的なアレだと思うよ？」

ほらぁ、なんか内輪ノリみたいな感じになって、向井さん引いちゃってるじゃん！

小声でなんとかフォローしてみるけれど、謙遜してる感じになっちゃってどうにも厳しい。

で、でも、大丈夫！　妹エリアはこれで終わりだから！

次は……はうあっ!?

「咲茉ですの！」

咲茉《しずみ》チャンッ!?

「静観咲茉ですの！　高校一年生ですの！　好きなものはお姉さまと」

……と？

「ヨツバですの！」

「…………」

ああっ、向井さんがまた一歩引いてしまったような!?

そして、妹達の笑顔がなんか怖くなったような気がする！

というか咲茉ちゃん……お姉さまだけで十分だったのに。なぜわたしの名前まで……いや、嬉《うれ》しいよ？　好きって言ってもらえて本当に嬉しい。撫でてあげたいし、お持ち帰りしたいし……でも今じゃないんですよ！

「……次は私ね」

引いている向井さんと、動揺し焦るわたし。

そんな二人を見かねてか、小金崎さんが高二組一番手に名乗りを上げてくれる。

こ、小金崎さんなら……小金崎さんならこの空気をなんとかしてくれる筈《はず》だ……！

「小金崎舞。高校二年生。好きなものは……」

ちらっとわたしを見る。

ま、まさか小金崎さん!?　小金崎さんもまさか、わたしのこと……!?

「……間さんのことは特別好きでもないわね」

「小金崎さんンンンッ!!」

期待したよ！　期待しちゃったよ!!

ノリでもなんでも、わたしのこと好きって言うんじゃないかってドキドキしちゃいましたよ!!

「なに」

「イエ、ナンデモ」

余計なことは言わない。またガシィッってされたくないから。

「あ、わ、私、向井千晶《ちあき》です。高校二年生で……えと、好きなもの……」

状況を見計らってか、自己紹介を始める向井さん。

なぜか気遣うようにわたしをちらちら見つつ――。

「ご、ごめんなさい！　間さんは友達だけれど、そういう好きっていうのはちょっと違うというか……！」

　あ、謝られた!?

「べ、別に気にしないで!?」

　こういう自己紹介の場で、わたしを好きなものに挙げる方が変なのであって、向井さんは正常！

　……でも、好きとは違うと言われると、まるで嫌われている感じがしちゃうのはなぜだろう。つらくなってきた。

「えと、なので……絵を描くのが好きです」

　身を縮こまらせつつも、向井さんは自己紹介を終える。

　そして、大トリ、わたしの番が回ってきた！

「う……!?」

　葵と咲茉ちゃんの、期待するようなキラキラした視線。

　桜の、二人ほど素直じゃないながらにもじもじと期待する視線。

　小金崎さんの、冷たく値踏みするような視線。

　そして向井さんの、気まずげな視線。

　そんなみんなの視線に当てられ、わたしは身じろいでしまう。

　これは……もしかしなくても、誰を好きって言うか注目されてる感じ!?

（どうして……ただのほのぼの自己紹介タイムだった筈なのに！）

そうわたしは叫びそうになり……思いとどまる。

よくよく考えれば、自己紹介タイム……今までの人生でほのぼのやり過ごせたことなんて全然なかった。

わたしのような、周囲が敵だらけの、謂《い》わばヤドを持たないヤドカリみたいなやつにとって、周囲から値踏みされ雑魚のレッテルを貼られるだけの自己紹介タイムは地獄そのものだった。

できるだけ自分を強く見せたい。見せなきゃ標的にされる。

そう思えば思うだけ、体は震え、血の気は引いていく。

口だって上手《うま》く開かない。頭だって回らない。

いっそみんなお喋《しゃべ》りでもして、無視してくれたらいいのに。

囃《はや》し立てる声。がんばれーという応援。こちらを煽《あお》る手拍子……ああ、いつだっただろう。自己紹介タイム中にぶっ倒れて保健室に運ばれたのって。

（な、名前と好きなものを言うだけ。言うだけ。言うだけだから……！）

動揺を顔に出してみろ。みんな心配する。

みんな優しいんだ。わたしなんかを好きだって言ってくれる。わたしのためにこうやって集まってくれている！

『そうだわ、四葉《よつば》』

わたしの中の天使！

『ここに貴女《あなた》の敵はいない。みんな四葉の仲間よ！』

そうだよね！　そうだよね……。

『自分でも思ってたじゃねぇか』

わたしの中の悪魔！

『名前と、学年、好きなものを言うだけだ。簡単だろ？』

でも……好きなものっていう大喜利があるし……。

『お前、こいつらを信じてねぇのかよ』

え？

『桜《さくら》、葵《あおい》。お前の大切な妹達だ。あいつらはダメなお前を慕って、一度だって見限ろうとはしなかった』

カッコいいお姉ちゃんとしての姿なんて、全然見せられたことないけれど……それでも、わたしのことを慕ってくれている。

『小金崎舞《こがねざきまい》、静観咲茉《えま》。あの二人も、お前が駄目なヤツって知りながら、いつだって手を差し伸べてくれた』

二人とも優しくて、わたしの手を引き、道を示してくれる本当に素敵な人達。

『そして、向井千晶《むかい》。あの子はお前の言葉を信じ、勇気を振り絞ってここにいる』

向井さん。本当につらいのは向井さんの方だ。知らない人ばかりで……なのに、向井さんを知っているわたしが不安になってどうするんだ。

『こいつらみんな、お前が自己紹介でとちったくらいで、見限るような、そんな連中なのかよ!? 違ぇだろ！』

『ありのままのあなたを伝えなさい。きっと彼女達は受け止めてくれるわ』

『お前にとって自己紹介ってのは、地獄だったかもしれねぇ。でもよ、こいつらがいるこの世界は、地獄なんかじゃあねぇぜ！』

『四葉、これはチャンスよ。地獄だなんて錯覚を吹き飛ばし、成功という天国への片道切符を手に入れるためのチャンス。それが手の届くところに……ううん、もう手の中に握っている』

『だったらよ、立ち止まる理由なんか、ねぇよな！』

天使さん。悪魔さん。

……分かったよ、そうだよね！

わたし、やるよ！ 確かに立ち止まってなんかいられない！

最高の自己紹介！ ぶちかましてみせます!!

『あ、自然体よ？ 自然た――』

『意気込みすぎんな？ 肩の力ぬ――』

一歩前に踏み出す。

みんなの顔を見渡し、肺の空気全て吐き出すくらいの声を張った。

「間《はざま》よつ――ごほっごほっ！」

酸欠っ!?……はっ！

突然咳《せ》き込むわたしに、桜と葵が心配そうな目を向けてきている!?

(だ、大丈夫だよ、二人とも。わたしは大丈夫。わたしのことを大好きって言ってくれた二人に恥を掻《か》かすわけにはいかないから……!!)

呼吸を整えている暇はない。バクンバクンと叫ぶ心臓を拳で叩《たた》き、わたしは再度奮起する！

見よ。これがお姉ちゃんだ！

「ハザマヨツバコウコウニネンセイ！　しゅ、好きなモノはぁっ！……世界平和ですっ!!」

――ピッシィッッッッッ!!

……世界が凍る音がした。

「…………………まぁ、大事ね」

全身うっ血するほどの長い沈黙の中、小金崎さんだけが絞り出すようにフォローしてくれたけれど、それがトドメとなって間四葉は大気に散り、高級空気清浄機に吸い込まれて跡形もなく分解されてしまったのであった。

おしまい。間四葉先生の次回作に、あまりご期待しないでください。

◇◇◇

向井さんを除いた全員で、一列に、背の順で並ぶ。

……ん？　自己紹介？　そんなのなかった。いいね？

「うーん……」

並んだわたし達《たち》を顎に手を当てながらじっくり見る向井さん。

今やっているのは、イラストを描くための構図作成に向けたモデル選定である。

由那《ゆな》ちゃん、真希奈《まきな》、凛花《りんか》さんの身長差を模せそうな三人を選び、それらしいポーズを取って、写真に収めて資料にする……という流れだ。

（ふっふっふっ）

桜と小金崎さんの間に立ちながら、わたしは密《ひそ》かにほくそ笑む。

実はこの間四葉。今日この瞬間のために策を打っていたのだ。

即《すなわ》ち――モデルに選ばれないための策を！

（由那ちゃんと凛花さん……二人のモデルは間違いなく、咲茉ちゃんと小金崎さんだ）

身長差がはっきり出る二人。咲茉ちゃんはちょっと身長低めすぎる感じもするけれど、そこはなんとかなるでしょう。

問題は真希奈のポジション。

二人の中間であり、おそらく平均身長前後のラインだ。

そこにぴったり当てはまりそうなのが……わたし。

でも、できることならモデルなんて大役避けたい！（絶対失敗するし！）

というわけで、わたしに身長の近い桜と葵も招集したのだ。これで確率は三分の一！

（なにより、桜も葵もわたしより断然可愛《かわい》い！　そういう意味じゃわたしが選ばれる確率はさらに低くなる……ふふふ、完璧だ）

言い出しっぺはわたしであるものの、より良い人材がいるのであれば、そこに席を譲るのも言い出しっぺの仕事だ。

だから仕方ない。これは仕方ないのである……！

「じゃあ、じょて……小金崎さんと、静観《しずみ》さん、それと、間……えと、四葉さんにお願いできますか……？」

「えええっ!?」

選ばれた!?　ナンデ!?

「観念なさい」

「お姉さまとヨツバと写真撮影ですの～♪」

条件的に自分は選ばれると思っていたであろう小金崎さんが良い笑顔でわたしの肩を摑《つか》み、咲茉ちゃんが無邪気にはしゃぐ。

「あーあ、葵もお姉ちゃんと写真撮りたかったなぁ」

「モデルっていうなら、当然よ」

葵は少し拗《す》ねた感じを見せ、桜はなぜかドヤ顔を浮かべている。

「えと、なんとなく間さんが一番いいかなって」

そして、向井さんは申し訳なさそうにしつつも、わたしを選んだ理由を話してくれる。

苦手そうに見える小金崎さんを選んだ辺り、真剣に選んでくれた結果だろうし、今更ぐずったりはしませんけどぉ……。

「……分かった。こうなったらわたし、最高のモデルになってみせるから！」

「ですのー！」

ぐっと拳を突き上げ、気合いを入れる。

咲茉ちゃんはノリノリで、小金崎さんは「やる気を出されるとそれはそれで面倒」って感じだ。

「それじゃあ、最初は三人並んで立ってもらって……よろしくお願いします！」

「う、うん！」

「ですの！」

「……ええ」

そんな感じで、今日の目的である撮影会が始まった。

◇◇◇

——いくら貴女に借りがあるからといって、こんな形で返すよう求められるなんて……。

最初、小金崎さんにこのことをお願いしたとき、そんな風に渋い顔をされたのを思い出す。

わたしとしては全然、借りがどうとか思っていなかったし、この間の小金崎舞ちゃん（さんしゃい）のことを言っているなら、借りになんて思わなくて全然良かったのだけど、それで納得してくれるなら、別に良いかなって。

これで向井さんの役に立てるし、小金崎さんに、それにきっと快諾してくれるであろう咲茉ちゃんの二人がいれば、申し分ないって。

……でも、わたしはモデル、被写体になることを甘く見ていた。

「ねぇ、間さん。改めて聞くのだけど」

「……なんでしょう」

「これ、あくまで小田《おだ》さん達の代役なのよね……」

「はい。構図の参考にってことで……」

「小金崎さんっ、笑顔でお願いします！」

「え、ええ。ごめんなさい」

「お姉ちゃんも！　スマイルスマイル！」

てくる。

「あ、ありがと、桜」

「お姉ちゃん、可愛い……！」

「う、うん、葵」

小田さん一人だと思っていたカメラマンが三人に増え、絶え間なく視線とポーズを求めてくる。

おかげでわたしと小金崎さんはかなり疲弊してしまっている……え？　咲茉ちゃんはって？

「咲茉先輩、次はお姉ちゃんの腰に抱きついてください！」

「ですのっ♪」

「良い感じ……間さん、笑顔笑顔！」

「は、はひぃ……」

「小金崎先輩も、なんかこう、仲睦《なかむつ》まじげにお願いします」

「仲睦まじげ……？」

咲茉ちゃんはずっと笑顔を絶やさず、生き生きとしている。

対してわたしは疲労、小金崎さんは指示の多くがピンとこないのか困惑してばかりいる。

ちなみに、最初は向井さんが中心に指示を出していたのだけど、桜と葵も徐々に提案し始め、向井さんは「その案いただき！」と乗っかり……今では、三者からバンバン指示が飛んできていた。

　正直、何枚か撮って終わりかな～と思ってたのだけど……これは結構肉体労働だ。

　撮影会が始まって一時間余り、休みなくポーズを取らされ続ければ、わたしのようなもやしちゃんには厳しいものがありまして――。

「ふーっ、これだけ資料があれば、なんかやれそう！」

「ばたんきゅー……」

　向井《むかい》さん（と、うちの妹達）が満足する頃には、カラッカラになっていた。ああ、脇腹つりそう……。

「ヨツバ、ヨツバ」

「……なに、咲茉《えま》ちゃん？」

「ご飯、作らなくていいですの？」

「はっ！　そうだった……」

　今日、こうして撮影会を行うにあたって、ひとつ向井さんからお願いされていた。

　――私、間さんの料理食べてみたいな……！

　向井さんの背中を押そうと話した、わたしの料理の話。

　それで興味が湧いたらしく……わたしも自分から話したというのもあり、快諾したのだけど。

（これだけ消耗するなんて思ってなかったから……！）

　今日は人もいっぱいいるし、ちょっと凝ったパスタ作ってみんなをビックリさせちゃうぞぉ〜♪　なんて思っていた昨日の自分を殴りたい！　もう買い出しも済ませちゃったから後に引けないし……。

「間さんっ、私なんかすっごくモチベーション湧いてきたから、間さんがお昼ご飯作ってくれてる間にラフ仕上げちゃうね！」

「う、うん」

やる気に満ちた瞳を向けられ、わたしも頷《うなず》くしかない。その場にへたり込んではいるけれど。

向井さんはヘッドホンを装着し、外界からのノイズをシャットアウトすると、タブレットに向き合い始めた。職人だぁ……。

でも、こうなったらやるしかない。わたしが料理を作っている間作業するっていうなら、いつまでも料理ができないと向井さんが無限作業編に突入してしまうから……。

「小金崎《こがねざき》さん、手伝ってくれますよね……？」

「いや、どうして手伝う前提の聞き方なのか分からないのだけど。私、料理ってそれほど得意じゃないし」

「いてくれるだけでいいんですぅ！」

「わ、分かったわよ！　分かったから抱きつかないで!?」

こんな状態で一人でキッチンに立ったら、うっかり倒れてしまったって、そのまま誰にも気付いてもらえずに、ひっそり息を引き取る……なんてなりかねない！

そういう意味ではわたしは必死だ。絶対に傍《そば》にいてもらいますからね！

「お姉ちゃん……」

「ただの友達に、そんな風に抱きつくのってどうかと思いますけどー」

「はっ!!」

桜《さくら》と葵《あおい》からの冷たい視線ッ！

「やっぱりお姉ちゃん、友達と呼ぶ存在を次から次へと……」

「やっぱりってなに!?　違うよ桜ちゃん!?」

「これって葵達もお友達から始めるべき？」

「二人は妹でいて！　こんなお姉ちゃんだけどぉ！」

なぜか……いや、なぜかでもないけれど、「わたしの友達」というだけで警戒レベルを上げる妹二人には、何度も何度も何度も、小金崎さんと咲茉ちゃんと向井さんはただの、普通の、本当に普通の友達だよって説明して、なんとか納得してもらってたんだけど……わたしの行動のせいで、また疑われ始めてる！

「………………」

ああっ、小金崎さんから怒気、ならぬ殺気が!?

どうしよう、完全に板挟みだ……!?

「仕方ないことですの！」

咲茉ちゃん!?

「そうさせてしまうだけの、お姉さまの包容力ですの……！」

何言ってるの!?

え、えぇと……わたしの中の咲茉ちゃん語辞書に当てはめると――。

「なるほど……！」

桜ちゃん？

「小金崎先輩から出る『姉性《しせい》』が、お姉ちゃんを狂わせた……ってことですね!?」

「姉性!? 母性的なニュアンスで!?」

初めて聞く単語に、どうしちゃったの桜ちゃんと困惑するわたしだけれど……あれ？

咲茉ちゃんも葵も納得してる感じにうんうん頷いてる？

「姉性をバカにしちゃだめだよ、お姉ちゃん。本当に、すっごく危険なんだから！」

葵ちゃん？

「最初は軽い気持ちで、そこら辺でぼーっとしてるお姉ちゃんを摂取するの。でも、お姉ちゃんが切れると、寂しい、早くお姉ちゃんに会いたいってなって我慢できなくなって、お姉ちゃんと一緒にいると満たされるんだけど、でも、だんだんそれだけじゃ満足できなくなっていって、お姉ちゃんのことしか考えられなくなって……それだけ姉性って危険なの!!」

「ですの。ですの！」

葵ちゃんの力説に咲茉ちゃんも頷いてる……共感してるってこと!?

「お姉ちゃんは長女だから分からないのよね、きっと」

「それが小金崎さんという姉に出会い、初めて姉性に触れて……それなら納得だよ」

うんうん、と頷き合う桜と葵。

何が納得なのかまだ分からないけれど……ただ、容疑は晴れたみたいなので、触れない方がいいかもしれない。

「……私、厳密に言えば妹なのだけど」

そういえば、年の離れたお兄さんがいるって言ってたなぁ。

でも、そんな小金崎さんの呟《つぶや》きは、この場では見事に流されてしまうのだった。

◇◇◇

妹談義に花を咲かせる三人を残し、わたしと小金崎さんはキッチンに引っ込んできた。

さっきは料理の手伝いに消極的だった彼女だけれど、あの場に残れば姉としてイジられるのは間違いないので、背に腹は代えられなかったみたいだ。

「私、料理なんて殆《ほとん》どできないわよ」

「大丈夫です！」

再度、そう忠告してくる小金崎さんをよそに、わたしはキッチンをチェック。

高級マンションらしい、綺麗《きれい》なシステムキッチン。フライパンや鍋、包丁など、キッチン用具はあらかた揃《そろ》ってはいるものの、殆ど触れられた形跡はない。

必要最低限取り揃えつつも、普段は外食などに頼ってるんだろうな……というのはすぐに分かった。

食材は調味料込みで持参しているので問題なし！

「小金崎さんは、わたしが何か悪さしてしまわないか、見ててもらえば大丈夫なので」

「悪さって……貴女《あなた》、なにかよからぬことを企《たくら》んでいるんじゃないでしょうね」

「ち、違いますよ!? ただ、なにかハウスルールみたいなのがあったりして、わたしがうっかりそれを破っちゃう可能性もゼロじゃないじゃないですか！」

「そんなの別にないけど……まぁ、貴女がそれで納得するならいいわ」

「すみません……」

人の家で料理するなんて滅多にない……というか初めてだ。

わたしだって緊張するし、家主に見張っててもらえば万が一の時安心というもの。

もちろん、普段以上に細心の注意を払うけども。

「とりあえず、お野菜の下ごしらえから……あっ、そうだ。小金崎さん」

「なに？……というか、包丁握りながら喋《しゃべ》るのって危ないんじゃない？」

「大丈夫です、慣れてるので」

タマネギの皮を剝《む》き、切りながら、話を続ける。

「その、改めてですけど、今日はありがとうございました」

「本当に改まったわね」

「場所もそうなんですけど、他のクラスの、聖域にも関係ないこと手伝ってもらっちゃって……」

「確かに最初、イラストのモデルになってくれって言われたときは驚いたわよ。何の脈絡もなかったし。でも、全く聖域に関係ないとも思っていないし。彼女達《たち》の宣伝イラストを作ろうって話なんでしょう？」

「実際に宣伝に使うことはきっとないですよ……わたし達の自己満っていうか」

「今はそうね。けれど……ていうか貴女、手際良いわね」

「あっ、ありがとうございます！」

へへへ、褒められちった。

タマネギ以外に、ほうれん草、しめじ、ベーコンの下準備を済ます。ほうれん草は今日はたくさんの人が食べるのでしっかり塩で下茹《したゆ》でしておこう。

栄養は多少落ちてしまうけれど、その方が緑が鮮やかになるのと、シュウ酸っていうアクっぽさが抜け出てくれるので。

「わたし、思うんです。本当にこのままでいいのかなって……」

「どういう意味？」

「この間、久しぶりに由那《ゆな》ちゃんと、凜花《りんか》さんと過ごしました。三人一緒にじゃなくて、一人ずつ……」

「惚気話《のろけばなし》？」

「そ、そんなんじゃなくて！　そりゃあ確かに、とても幸せな時間でしたけど……でも、それだけじゃなくて、なんだかピリピリしてた感じがするっていうか」

思い出してみると二人とも、「凛花より」「由那より」って、お互いを意識し比べるような言葉が多かった気がする。気のせいかもしれないけれど、耳に強く残ったのは確かだ。

それに、真希奈《まきな》も……なんか同じ感じというか、どこか焦っている感じというか……。

「そうね。小田《おだ》さんというライバルが現れて、二股なんかじゃなく、貴女を独占したいと思うようになったんじゃない？」

「えっ！」

「そんなに驚くような話？　分かっていると思うけれど、二股なんて状況が成立している方がよほどおかしいのよ？」

「それは、そうですけど……でも、三人は今、同じステージを作り上げようって毎日頑張ってるんですよ。なのにピリピリするなんて、変じゃないですか？」

「全然変じゃないわよ。同じものを作っているからこそ、怒りや妬み、恨みや失望も生まれるだろうし」

「そんなっ！　ううん……そうかもしれません……」

思い出す。かつて運動会でわたしが足を引っ張って、みんなから嫌われたこと。

みんなで何かを成し遂げようとするとき、今までは他人でも、突然自分の体の一部になるような、そんな連帯感が生まれてしまう。

誰かの失敗が、自分の失敗になる……だから、わたしのような足を引っ張る存在は、どうしたって疎まれる。お前のせいで、って何度も言われて……それで、わたしは……。

今、三人の間にもそれと同じことが起こっているんだろうか。今まで仲の良かった由那ちゃんと凜花さんの間にも、見えない内に亀裂が生まれていたりするんだろうか。

（わたし、恋人なのに……そうでなくても同じクラスの仲間なのに、何もできないなんて）

分からない。でも、分かったところで何もできないのは確かだ。

「わたしなんかじゃ、何も……」

「そんなことないわよ」

「え？」

わたしの心の内を見透かし、小金崎さんが否定する。

「貴女が二人……ううん、三人のためにできることはきっとある。今日のことだって、きっと意味がある筈《はず》よ」

「意味、ですか……？」

「……なんて、私がそう思いたいだけかも。貴女なら、聖域の二人だけじゃない、小田さんも、全員纏《まと》めて納得する答えを導き出せるんじゃないかって」

「そんな……買いかぶりすぎじゃ」

「かもね。けれど、それは遠くない未来に分かることだわ」

小金崎《こがねざき》さんは穏やかに笑う。

それは何か諦めた風にも見えるし、憑《つ》き物《もの》が落ちたようにも見えた。

「私は……昔、失敗したの」

「え？」

「好意というものが、時に毒になるということが分かっていなかった。私の取った選択が多くの人を巻き込み、傷つけ……今もずっと後悔してる」

もしかしたら、中学時代の話……？

小金崎さんが、聖域ファンクラブ副会長になってまで、みんなを守ろうとしていることに繋《つな》がってくるんだろうか。

「……別に、詳細を話す気はないわ」

「ええっ！」

「改まって話すのなんて恥ずかしいじゃない。不幸自慢してるみたいだし」

ちょっと匂わせといて、それは酷《ひど》い。

すごく気になるのに！

「でも……貴女の置かれた状況と、少しばかり似ているかもね」

「え？」

「だからこそ、変に悩んで、バカみたいな現実逃避して……でも、貴女に現実に引き戻されちゃったから、もう諦めることにしたわ」

そう言って、彼女は笑う。

大人びて見える同い年の女の子……けれど、この笑顔は、わたしよりも幼く、あどけなく見えた。

まるで、彼女がどこかに置き忘れてきた感情をようやく取り戻した、みたいな……わたしの気のせいかもしれないけれど。

「もしも今回、貴方《あなた》が上手《うま》く収められれば、私は貴女という答えを得ることができる。逆にもしも失敗して全てがメチャクチャになってしまったとしても……私は同じ傷を持った同志を手に入れることになる。どちらに転んでも美味《おい》しいでしょう？」

「いや、笑えませんよ!?」

「いいじゃない。それとも私と親友になるルートはお気に召さないかしら？」

「別に失敗した未来じゃなくても、親友になれると思いますが!?」

「いやよ。なんでも上手くいって脳天気にヘラヘラ笑ってる貴女と親友になるなんて」

「辛辣っ！」

……なんて騒ぎつつ、料理は進んでいく。

フライパンでオリーブオイル、にんにく、鷹《たか》の爪《つめ》を熱し、他の具材も順次投入。

しっかりと火を通していく。

「貴女、フライパンちゃんと振れるのね」

「そうですよ。親友になりたくなりました？」

「フライパンを振れるかどうかが親友の条件じゃないわ」

「フランベだってできますよぉ？　今日はやりませんけどね！」

「それは……ちょっと気になるけれど」

ふふふ、そうでしょうそうでしょう。

フランベといったらライブクッキングの華！

度数の高いアルコールを落とし、お肉や魚に香り付けをするという技なんだけど、その時に火事かってくらい炎が舞い上がるのだ。

かつてわたしも、動画投稿サイトで見たフランベに魅入られ、「これができたらきっとクラスで人気者に……！」と、頑張って練習したものだ。

ただ、度数の高いアルコールを使うという時点で未成年のわたしには色々ハードルが高く、親が見ているときしか使用を許されていない、謂《い》わば禁術。つまりクラスの人気者には……（手記はここで途切れている）。

そもそも小金崎さんちで料理させてもらうのに、そこにアルコールを担いで持っていくなんて迷惑がかかるかもしれないし……と、今回のレシピには料理酒さえ入れていない。

リスクヘッジのできる女、間四葉《はざまよつば》。間四葉をどうかみなさまよろしくお願いいたします。

「よし、こんな感じかな」

良い感じに火が通ったので、火を止めて、フライパンに小麦粉を投入。

よく馴染《なじ》ませてから、牛乳、コンソメを入れて、再度火をつけ混ぜていく。

フライパンを熱しながらだと小麦粉が焦げ付いたりするけれど、一旦火を止めればその心配はない、という豆知識だ。ふふふ。

「へぇ……ホワイトソースね」

「さすが、ご存じでしたか」

「バカにしてるでしょ。調子に乗ってるでしょ」

「シテナイデス」

危ない……料理中でなければ絶対蹴られていた。

「良い香り……自分で言うのもあれだけど、このキッチンに料理の香りが漂うなんて、もっとずっと先だと思っていたわ」

「小金崎さんは料理とかしようと思わないんですか？　せっかくこんな立派なキッチンがあるのに」

「そうね……調理実習で少し触れた程度だし、初心者一人だとどんな事故が起こるか分からないから、中々手が出せないというのが実情かしら」

「それって、遠回しにわたしに料理教えて欲しいって言ってますぅ～？」

「うざ……」

いいじゃん！　ちょっと調子に乗るくらいいいじゃん！

キッチンの中では、料理ができる人が偉いの！　どうせキッチンから出たら地面を這《は》いつくばって足首ペロペロ舐《な》めるんだからさぁ……。

「でも、そうね。独り暮らしをしている手前、外食ばかりというのも情けないし、自炊に挑戦したい気持ちはあるのよね」

「へ～、そ～なんですね～～～」

お鍋にお水を適量投入。そして沸騰させたら塩を適量入れて、パスタを入れて、タイマーセッツ！

後はパスタが給水するまで待ちましょっと……痛っ!?

「脇腹抓《つね》らないでくださいよ!?」

「だって、ムカついたから」

火を扱っている最中にも拘《かか》わらず、それを超えるレベルのムカつき!?　鍋から手を外しているタイミングを狙い澄まして、というのは小金崎さんらしい配慮を感じるけれど。

「いいですか、火を扱っている最中はふざけない！」

「どの口が……」

「わたしは慣れてるからいいんです」

「慣れた頃が一番危ないと聞くけれど」

「それは……はい」

その台詞《せりふ》、よくお母さんから言われたなぁ。

そして……まさにその通りだった。友達と一緒に料理してるから浮かれてるのかな、わたし。

「まぁ……でも、確かに悪くない話ね」

「何がですか？」

「貴女《あなた》に料理を習うって話」

「えっ！」

「……どうして貴女が喜ぶのか分からないのだけど。まさか法外なレッスン費でも取ろうっていうんじゃないでしょうね」

「いや、いらないですよ、そんなの！　全然無償でやりますよ！」

「タダというのはそれはそれで怖いわね」

どうして小金崎さんはこんなに警戒するんだろう。

わたし、なんにも企《たくら》んでなんかいないのに。純粋な善意ですよ、善意！

「まぁ、貴女が破滅した後なら、なんの遠慮もなくお願いできるかしら……」

「なんですかその前提!?」

「だって、そうなったら貴女が頼れるのはいよいよ私だけでしょう？　私を裏切ったり弄んだり、そういう悪だくみを企てる気も起きなくなるじゃない」

「元々そんな気ありませんが!?」

信用なさすぎて泣きそう……パスタ、塩味になっちゃうよ。

「期待するからには、仮にその期待が破られた後の責任だって負うべきだと思うのよ」

「それは立派な考え方とは思いますけど……」

「ええ。だから期待しているわ。彼女達《たち》のことも、その料理も」

ニッコリと清々《すがすが》しく笑う小金崎さん。

きっともう、この前みたいに現実逃避からの幼児退行を起こしたりはしないんだろう。

でも、わたしは結局のところ、あの三人について何をすべきなのか、何をすればいいのか、全然思い浮かんでいなかった。

全部わたしに覆い被《かぶ》せることに決めてしまったから。

今日も、見る人から見れば何の意味もない現実逃避なんだろうか。

由那《ゆな》ちゃん、凜花《りんか》さん、真希奈《まきな》……頑張っている彼女達のために、何かしたいと思いつつ、何もできない。

だから、その無力さを紛らわすために、向井《むかい》さんに尽くそうとしているだけだって。

(胸の奥に、ずっと何か、嫌なモノが燻《くすぶ》ってる感じがする……)

期待するなんて、そんな突き放したような言い方をしながらも、きっと助けを求めれば
小金崎さんは協力してくれる。今みたいに。

けれど、助けを求める前に、そもそもわたしが何をすべきか……それを見つけるのは、
わたし自身でしなくちゃいけないことだ。

(文化祭なんて、なければよかったのに)

真希奈だけじゃなく、由那ちゃんも、凜花さんも、遠く感じてしまう。

わたしは陰鬱な気持ちをぐっと押し込めながら、頑張って笑顔を保《たも》ち続けた。

◇◇◇

驚くことに、というほど変な話でもないかもしれないけれど、わたしの作ったクリームキノコパスタは、成功を収めた。

まず桜《さくら》と葵《あおい》。二人はわたしのフォロワーだ。日常的にわたしの料理を食べていて、特にパスタ料理が大好きときている。

二人は手放しで料理を褒め、ぺろりと完食してくれた。

次に小金崎さん。彼女は料理する行程を側《そば》で見ていたし、わたしの手際に素直に感心してくれていた。

腕前という担保を提示できた時点でわたしの勝利は決まったようなものだ。

とても美味しい、というこれ以上ない評価を頂けた。『とても』とつけば、そりゃあもうお金を払ってでも食べたい、ということだ！

そして咲茉《えま》ちゃん。咲茉ちゃんはね、マイナスの感情を一切持たない天使様であらせられる。

当然、「美味しいですの！」と言いながらペロッと平らげ、さらには「おかわりはないですの？」と目を輝かせ、ないと知ると「もっとヨツバの料理、食べたかったですの……」と肩をがっくり落としていた。んもーっ、百点満点のリアクション！

そんな彼女の一挙手一投足を眼に焼き付けながら、わたしは確信した。

料理を最高に盛り上げるスパイスは空腹じゃない。咲茉ちゃんなんだって。

一家に一人、咲茉ちゃん。もしかしたら数百年後の日本ではそれが当たり前になっているかもしれない。

最後に向井さん。正直、一番気になっていたのは彼女の反応だった。なんたって、この料理は彼女のお願いで作られたものなのだから！

もちろん、料理をふるまうにあたって、参加者全員のアレルギーは伺っていたのだけど、向井さんからは好き嫌いまでリサーチさせてもらった。

つまり、このクリームキノコパスタは、最初から向井さんの好みど真ん中を攻めていたのである！

ただし、好物を出すとなれば、それだけハードルも上がる。

ごく一般的な料理の腕前を自負するわたしだ。大絶賛とまではいかずとも、中々やるじゃんくらい言ってもらえたら十分かな、と思っていたのだけど――。

「すごく美味しい……私、この味大好き！」

と、一緒に話すようになって以来、一番の笑顔で喜んでくれた！

やったね四葉ちゃん！　おめでとう！　これにて大団円!!

そんな感じに浮かれつつ、鼻歌を唄《うた》いながら後片付けをする。

桜と葵は小金崎《こがねざき》さんと咲茉ちゃんを誘って、テレビゲームに勤《いそ》しんでいる。全国を列車で回ってお金を稼ぐアレだ。

いいなぁ、テレビゲーム。小金崎さんとかあんまりやったことなさそうだから、ぎこちなさそうに、必死についていこうと頑張るんだろうな。

おかげでわたしは孤独にお皿洗いをしているけれど、まぁみんなから褒めてもらえたのでヨシ！

後片付けってあんまり好きじゃないけれど、料理が上手《うま》くいったって幸福感を噛《か》みしめるには丁度良い時間な気もする。なにも考えなくていい、単純作業だしさ！

時にはこういう熱を冷ます時間も必要だ。だから、寂しくない。寂しくない。寂しくない……寂しくない！

「間さんっ」

「はえっ!?」

寂しくない自己催眠を済ませた瞬間、跳ねるような声がわたしを呼んだ。

一瞬、誰か分からなかったってくらいのその声は……向井さんのものだ。

「あっ、忙しかった？」

「う、ううん！　全然！　どうしたの!?」

今度は平常心の自己催眠をかけつつ、振り返る。

向井さんはどこか興奮した様子で、タブレットの画面を向けてきた。

「ラフ、できた！」

「え、もう？」

「なんか、間《はざま》さんの料理食べたら負けてらんないって気になって……頑張りました」

ちょっと気持ちが落ち着いたのか、恥ずかしそうにはにかむ向井さん。

わたしはすぐに手を拭いて、タブレットを受け取る。

そして、向井さんが描き上げたラフを見て……愕然《がくぜん》とした。

もう何度目か分からないけれど、わたしは絵に関しては完全に素人だ。

向井さんが描いたのはラフ……まだ完成する前の下描きみたいなもの。

けれど……それでも絵の持つ雰囲気は伝わってくる。

「可愛《かわい》い……」

描かれているのは仲睦《なかむつ》まじく並ぶ三人の少女。

生き生きとしたポージングっていうのも、たぶんあるんだと思う。

でも、それ以上にとにかく目を引かれたのは、表情だ。

三人が三人、それぞれの特徴に添った顔立ちをしている。

けれど不思議と、彼女達が思い合い、愛情を持っているのだと確かに伝わってくる。

こちらが、照れてしまうくらい、真《ま》っ直《す》ぐに。

「すごい……すごいよ、向井さん！」

「えへ、そうかな」

「うん。これって、百瀬《ももせ》さん、合羽《あいば》さん、小田《おだ》さんだよね！　なんていうか、本物に迫る勢いっていうか……完成版が待ちきれないよ！」

「その三人だけど……でもね、本当に描いたのは、別のものなの」

「え？」

「表情とか雰囲気とか、間さん、小金崎さん、静観《しずみ》さん……三人の雰囲気が本当に素敵だったから」

え？…………えっ!?

それって、この表情さえも、モデルはわたし達だったってこと!?

でも、こんな真っ直ぐで慈愛に満ちた瞳、小金崎さんは（少なくともわたしに対しては）浮かべない！

わたしだって、確かに表情に対する指導は何度か入ったけれど、具体的にどんな表情を作っていたか、思い出す余裕なんてなかったし、なんならあの時も殆《ほとん》ど無意識だったっていうか……。

でも、向井さんにはこんな風に見えていた……ってこと!?

「まぁ、私なりの解釈で脚色してる部分もあるんだけど」

「だよねぇ!!」

あー、なんだホッとした！

あくまでわたし達の写真はベースだってだけの話！

そりゃあ、小金崎さんと咲茉ちゃんと、仲良いって感じてもらえるのは嬉《うれ》しいけれど、変に誤解されちゃったら、（主に小金崎さんが）怖いもんなぁ！

「でも、本当に素敵だよ。ラフから、これの完成版は絶対良くなるって分かるもん！」

「ありがと、間さん……私もね、すごく気に入ってるの。本当にちゃんと完成させられるかなって不安なくらい」

そう口にしながらも、向井さんの目には熱意が灯《とも》っていた。

今すぐにでも描き始めたい。そんなひたむきな無邪気さが伝わってくる。

「間さんのおかげだよ。すごく、勇気をもらった」

「勇気？」

「だって、間さんが宣伝用のイラスト作ってみようって言ってくれなかったら、私、絶対挑戦しなかった。間さんが今日、この時間を作ってくれなかったら、こんな素敵な着想得られなかった。間さんの料理を食べなかったら、私も頑張って、間さんに喜んでもらいたいって、本気になれなかったかもしれないから！」

向井さんはびっくりするくらい早口で、驚きのあまり途中から置いてかれちゃったけれど、すっごく感謝してくれているのは伝わってきた。

でも感謝したいのは付き合ってもらったこちらの方だし、同時にこのままここで完結させてしまうのはもったいないと思えてきた。

本当に素敵なイラストだ。贔屓目《ひいきめ》は入っていると思うけれど、なくてもきっと素晴らしいと思うはず。

ましてや、これを宣伝に使えるなら……ううん、違う。

もっと大事なことが、何かあるような……。

(なんて、簡単に分かったら苦労しないんだけど……)

わたしは内心そうぼやきつつ、タブレットを向井さんに返す。

向井さんはタブレットを受け取ると……なぜか、ニヤニヤ含み笑いを浮かべていた。

「向井さん？　どうしたの？」

「えっ？」

自覚がなかったのか、驚いた顔をした後、すぐ恥ずかしげに俯《うつむ》いてしまう。

聞かない方が良かったかな……と少し後悔したわたしだけれど、すぐにそんな懸念は吹き飛ばされた。

「なんか、楽しくて」

「楽しい……？」

「こういう文化祭とか、あまり積極的に参加できたことなかったの。私、人見知り激しいし、どんくさいし……でもね、これも直接文化祭に関係するかって言われると違うけど、間さんと一緒に考えてさ、イラスト描いて……そういうのがすごく、楽しいの」

向井《むかい》さんは頬を赤くしつつ、一生懸命話してくれる。

またちょっと早口だったけれど……今度は全部、余すことなく頭に入ってきた。

それはまさに、わたしの中で引っかかっていたものを明らかにする、とても大事な思いだったから。

「そっか……わたし……」

「間さん？」

「ありがとう、向井さん！　わたし、分かった！　今わたしがやりたいこと……やるべきこと！」

「え？」

自分に何ができるか、ずっと考えてた。

由那《ゆな》ちゃんと凜花《りんか》さんの恋人。真希奈《まきな》の幼馴染《おさななじ》み。彼女達《たち》のために、わたしは何をすべきかって。

どういう思いで、三人が文化祭のステージに立とうとしているか、わたしは知らない。

けれど……文化祭は三人のためだけのものじゃない。

たとえ彼女達が、立ったその場所が世界の中心になっちゃいそうな、特別な女の子達だからといって、それ以外の人達……クラスの皆、向井さん達の気持ちもまた大事なんだ。

あの日、二年A組の出し物がアイドルステージに決まったあの日から感じていた、嫌な感じ。

その正体が分かった。

「向井さんっ！」

「な、なに？」

「すごく、不躾《ぶしつけ》なお願いがあります……！」

わたしは向井さんの両肩を摑《つか》み、必死に、必死にお願いし倒す。

向井さんは明らかに困惑して戸惑っていたけれど――。

「……分かった。私、やってみる！」

最後にはそう、笑顔で頷《うなず》いてくれた。

第六話「脇役達の聖戦」

翌月曜日。

この日の放課後、真希奈、由那ちゃん、凜花さんの三人を除いた全員が教室に集められていた。

その理由は……宣伝会議だ。

まず前提として、永長《えいちょう》高校の文化祭について、学業と両立するために定められた様々なルールを説明しておかないといけない。

十月末の土日二日間で開催される、文化祭。

夏休み中の余計なトラブルを避けるため、九月に入ってからでないと出し物決め、それに関する準備を始めてはいけないというのは、以前みきちゃんが説明した通り。

でも、それが一つ目の解禁日だとすれば、もうひとつ、解禁日が存在する。

二つ目――宣伝活動の解禁日だ。

開催に向けた、各出し物の宣伝活動。それらは十月に入ってからでないといけない、と決まっているのだ。

学内の掲示板にチラシを貼ったり、お昼休みの放送でアナウンスしたり……それだけなら、そこまで制限する必要もないんじゃないかって思うけれど、近年はＳＮＳを使った宣伝も盛んに行われる。

それらにのめり込んで学業に支障をきたさないように、というのが、学校側の言い分。またそれ以外にも、出し物決めを行った直後に宣伝を始めてしまえば、実体からは遠い内容を広めてしまうかもしれないので、その抑制という意味もあるのであろう……と、小金崎《こがねざき》さんが言うてはりました。わたしがそんなムズカシイこと分かるわけないでしょ！

わたしの理解力でいえば……とにかくそういうルールなんだから従う他ないよねって感じ。常にルールを信じ従うのがわたしである。品行方正と言ってもいい。

そういうわけで、これから行われる宣伝会議は、宣伝解禁を目前に控えた今、どんな感じに出し物の宣伝を行っていくべきかを話し合う場なのである！（ちな、みきちゃんも同席している。ちなみき）

ただ、どうしてそんな場に肝心の三人がいないかというと……煩わしい話し合いに、三人の貴重な時間を取らせないため、らしい。

後で、ここで決まった結果を伝えるんだとか……なんかこういうのドラマで見たことがある。

部署で行われた会議の結果を、後で偉い人に報告するみたいな。

聖域。トップアイドル。確かに彼女達は特別だ。

でも、決してわたし達の上司や社長なんかじゃない。

「だから、三人の圧倒的なビジュアルを前面に押し出してくのが一番だって！　オフショットとかもガンガン公開してさ！」

「ううん、やっぱりちゃんとしたPV作っちゃおうよ！。動画サイトとかに公開すれば、絶対話題になるでしょ！」

今、大きくぶつかり合っている意見はこの二つ。

一つは明石《あかし》くんという男の子が主導する、三人のヴィジュアルをガンガン押して、チラシをばら撒《ま》いたり、ポスターをそこら中に貼りまくって期待を煽《あお》っていく作戦。

もう一つは芹沢《せりざわ》さんという女の子が主導する、今回の、なんでもかつて真希奈が作詞作曲したという専門家顔負けの楽曲に、おしゃれなPVをつけて動画サイトなどでバズり狙いをしようという作戦。

どちらも派手で、きっと話題になる。

なんてったって、活動休止した筈《はず》の天城《あまぎ》マキが、別の美少女達と組んでライブステージをやろうっていうんだから。

だから……はっきり言ってしまえば、宣伝方法なんてなんだっていいんだ。

（……って、みんな思ってそうだよね）

教室を見渡してみると、半分くらいの生徒はどこか興味なさげに見えた。

ふと向井さんと目が合う。彼女はわたしを心配げに見てきていて……わたしは緊張しつつもなんとか作り笑顔を返す。

その程度の余裕は、なんとか持てていたみたいだ。


口論は変わらず平行線を辿《たど》っていた。

そしてクラス内には、どっちでもいい、という空気が充満している。

みんな、どちらが選ばれたとしてもどうせ成功するだろう、という楽観があるし、どちらが選ばれても自分達に大した違いはないって思っているから。

今回の文化祭の出し物は、成功も失敗もあの三人のもの。わたし達脇役には関与できる出番もない。

そうみんなが、今二つの案をぶつけ合わせているほんの一握りの人達だって思っている。

だから答えが出ない。本当に望んでいるモノはそこにはないから。

(なんて、偉そうに言える立場じゃないけれど、でも……)

このままじゃ、みんな不幸になる。

ここにいる人達だけじゃない……由那ちゃんも、凜花さんも、真希奈だって。

「このままでは埒《らち》があきませんね」

停滞する会議を見かねて、みきちゃんが声を上げた。

教壇に立っていた委員長がホッと胸を撫《な》で下ろす。明らかに委員長も戸惑ってたし……。

「他に意見がなければ、多数決で決めましょう。もちろん、本人達の了承も得る必要はあ

ります が」

過度に行きすぎなければできるだけ生徒達に任せたいと、みきちゃんは言っていた。

でも本当は、三人を排除して会議を行うのにも反対だって。

もしもみきちゃんが指示を出せば、みんなそれに従うだろうけど、それじゃあ文化祭は生徒達が中心に作るべき、という思いは果たされない。

そして、今のままでも……。

「どうですか。他に意見のある方はいませんか」

みきちゃんが教壇に立ち、教室内を見渡す。

そして……わたしのところで視線を止めた。

（……ありがとう、みきちゃん）

自然で、最高のパス。

わたしは心臓がバクバク言うのを無視して……手を挙げた。

「間《はざま》さん」

みきちゃんがわたしの名前を呼び、クラスの皆がわたしを振り返る。

その、みんなの視線に込められている感情は……あえて見ないことにした。余計に心臓が縮こまりそうだったから。

そして……わたしは深呼吸する間もなく、勢い任せにその言葉を吐き出した。

「わ、わたしは、どちらの意見にも反対ですっ！」

「はあっ⁉」

全てをひっくり返そうとする反対意見に、憤慨する声が上がる。

そりゃそうだ。今まで傍観していて、しかもクラスでも底辺のわたしが声を上げる。面白いはずがない。

けれど、そんな不満の声をすぐさまみきちゃんが制してくれた。

「間さん。反対意見は結構。ですが、どちらの案も否定するというのであれば、相応の代替案を提示すべきですが……いかがですか」

「……もちろん、あります」

声が、体が震えそうになるのを、ぐっと拳を握り込んで必死に抑える。

きっとここにいる殆《ほとん》どの人が敵だ。

各案を推していた人達はもちろん、傍観していた人だって……どっちでも良かったんだ。

今更会議をかき乱すなんて時間の無駄でしかない。

でも、味方だっている。

――間さん、私にできるのはこれくらいだけれど……でも、全力でやったから！

向井さん。

――間さんの意見は分かりました。誰か、一生徒に肩入れするのは間違っているかもしれませんが……私なりに、応援します。

みきちゃん。

――骨は拾ってあげる。安心して砕け散ってきなさい。

ここにはいないけれど、小金崎さん。

わたしが立ち上がれたのはみんなのおかげだ。

一人じゃない。それはプレッシャーでもあるし……力にもなる。


みきちゃんに促され、教壇に立った。

大丈夫、大丈夫、大丈夫。

そう何度も自分に言い聞かせ、顔を上げる。

「まず、反対意見を言わせてください。わたしが二つともの案に反対の理由は……」

睨《にら》むように教室内を見る。

背筋を伸ばし、胸を張り……堂々と！

「これは、わたし達《たち》みんなの文化祭だからです！」

これまで感じていた違和感、息苦しさ……その答えを、ぶちまけた。


二年A組の出し物である、アイドルステージ。

この企画の一番の問題は、出演する三人の責任がとにかく大きすぎることだ。

表に立つのは三人だけ。他全員は裏方。

楽曲、ステージ周りの演出……それらもアイドル経験のある真希奈《まきな》に任せっきりで、わ

伝につ
・PV

たし達にはやることが全然ない。

何もしなくても成功するのが目に見えてる。

だから……わたし達なんか、必要ない。

「そんな空気が、あの日からずっとクラスに蔓延《まんえん》している気がして……ずっと居心地悪くて」

何人かが俯《うつむ》き、何人かが気まずげに目を逸《そ》らす。

わたしなんかに感じ取れたんだ。他の皆も、感じていない筈がない。

「それに、あの三人だってきっと同じです」

「……え？」

呆然《ぼうぜん》と声を漏らしたのは、先ほど意見をぶつけ合っていた芹沢さんだった。

「百瀬《ももせ》さんも、合羽《あいば》さんも、小田《おだ》さんだって、わたしからしたらみんな特別な存在で、カッコよくて、絶対敵《かな》わないって思うけど……でも、同じ高校二年生なんです。わたし達全員分の期待を背負って、それでも全然平気なわけありません」

由那《ゆな》ちゃんと凜花《りんか》さんの間で交わされる会話が、そもそもの口数が減っているのをわたしはよく知ってる。

真希奈も授業中上の空というか、先生に当てられても、すぐに反応できないということがしばしば起きている。

由那ちゃんと凜花さんにとっては初めての歌やダンスのレッスン。

そしてアイドルである真希奈にとっても、ポテンシャルこそあれ、素人二人を指導するなんて滅多にない経験のはず。

三人とも、明らかに疲労し、消耗してしまっている。

それはわたしが三人の近くの席だから、彼女や幼馴染《おさななじ》みだから気付く……なんて、もうそんな些細《ささい》な変化じゃない。

みんなだって気が付いてる。分かってる。

でも、彼女達は特別だから。

わたし達みたいな普通の人が、口出しするなんて失礼だから。

きっと大丈夫だって……見て見ぬフリをしてしまった。

「芹沢さんと明石くんの宣伝案、すごく派手だし盛り上がると思う……でも、三人の気持ちはどうなるの？」

「そ、それは……」

明石くんがハッとして口ごもる。

「百瀬さんと合羽さんは、どんなに特別でも、普通の女子高生なんだよ。なのに、『天城マキの新しいユニットメンバー』として広まれば……」

その想像は、口にはしたくない。

映像でも、写真でも間違いなく話題になる。

そして世界中の人が、二人を探す。

ファンやアンチが押しかけ、マスコミも押しかけ……二人の生活は一変してしまう。

二人が望む望まないに拘《かか》わらず、人生が変わってしまう。それはきっと、良くない方向に。

「それに……小田さんだって、同じ」

アイドルである天城マキ。

けれどアイドルだからって、肖像権やプライベートが守られなくていいわけじゃない。

「彼女は学業に集中するためにこの高校に転入してきた。アイドル活動を休止してまで。なのに、文化祭でステージに立つなんて、本当は良いことじゃないんじゃないかな」

「でも、ステージに立つって決めたのは彼女だろ……」

「うん。だから、わたし、考えたんだ。どうして小田さんがステージに立つって言ったのか……言ってくれたのか」

未《いま》だに真希奈の目的は分からない。

でも、真希奈の気持ちを考え、寄り添おうとすることはできる。

たとえ、彼女が特別であっても、同じ人間、同じ高校生なんだから。

「きっと真希奈は、わたし達に受け入れてもらいたいって思ったんじゃないかな……」

これはわたしの勝手な憶測。もしかしたら、こうであって欲しいっていう願いかもしれない。小金崎《こがねざき》さんの推測通り、わたしに対する何か、目論見《もくろみ》が潜んでいるのかもしれない。

でも、わたしの中にいるあの頃の真希奈が、わたしを見つけて、ほっと微笑《ほほえ》んだ気がした。

「真希奈が転入してきて、すごく盛り上がったし、わたしも、嬉《うれ》しかった。でも、そう思わない人だっているかもしれない。ネットリテラシーの講習を受けさせられて息苦しく感じた人達、もしも天城《あまぎ》マキがこの学校に通ってるって広まればマスコミが押しかけてきて面倒なことになるんじゃないかって不安に感じる人達。アイドルに興味ないのにって疎んじてる人達……もしかしたら、この中にもいるかもしれない。でも、それが悪いんじゃない。そういう気持ち、全然分からないわけじゃないから……」

天城マキは、小田真希奈。

わたしにとって、大切な幼馴染み。

けれど……もしも、そうじゃなかったら?

突然アイドルが転入してきて、みんな大騒ぎで……わたしはどう感じただろう。

心から歓迎できただろうか。わたしよりもずっとキラキラして、世界に愛される特別な女の子の存在を。

わたしよりも断然価値のある、生きてるのが恥ずかしくなるくらいの現実を前に、わたしは嫌な気持ちをこれっぽっちも抱かずにいられるだろうか。

……そんなの、考えるまでもない。

「でも、真希奈が悪いわけでもない!」

毎日たくさんの注目を浴びて、嫌な感情だって彼女の方がよほど感じている筈《はず》。

息苦しくて、寂しくて……誰が味方かも分からなくなる。

特別だろうがなんだろうが、彼女だって一人の人間なんだ。

「真希奈、言ったよね。ステージに立ってもいい。でも、一人は嫌だって。彼女は天城マキとしてステージに立ちたいんじゃない……わたし達、永長《えいちょう》高校二年A組の仲間、小田真希奈としてステージに立とうとしてる！　このクラスに、学校中に、『どうか私を受け入れてください』って、認めてもらうために!!」

息が苦しい。

興奮して、まともに呼吸ができていない。

でも、止められない。言わずにはいられない。

「だから、わたしは、そんな真希奈を支えたい。いなくてもいい裏方としてじゃない、同じクラスの仲間として……こんなすごい子が転入してきたんだ、わたし達の仲間なんだってみんなに伝えたい！」

わたしは、真希奈を一人にしてしまった。

幼馴染みなのに。彼女の味方にならなきゃいけなかったのに。

注目を浴びる彼女をどこか避けてた。わたしなんかと一緒にいるべきじゃないって気持ちがあって……親しく話しているところを誰かに見られないように気をつけなきゃって。

だから、その罪滅ぼしじゃないけれど……こう思ってしまったからには、もう逃げたくない。

「由那ちゃんと凜花さんだって、そう。二人とも最高に可愛《かわい》くて、カッコよくて……そんな二人が、勇気を出してステージに立つって言ってくれた。だったら、わたし達だって全力で、全部終わった後、みんなで笑って、『良かった』って言えるように、一緒に背負わなきゃ！　だって、これはわたし達の文化祭なんだから！」

誰かを犠牲になんてしたくない。してほしくない。

バカみたいでも、特別なんかじゃなくても……彼女達みたいになれなくても、せめて一緒のものを背負っていたい。

「だから……お願いします。力を貸してください……！」

ずびっと鼻を啜《すす》り、深く頭を下げる。

教壇に手をつかなければ倒れてしまいそうだった。

心臓がバクバク言って、自分の荒い呼吸だけが聞こえて……少しして、それ以外の音が全然ないことに気が付く。


ひどく、身を刺すような沈黙が教室内に広がっていた。


頭に上っていた血が一気に冷めていく感覚。

え、何マジになってんの？　そう嘲るような幻聴が聞こえるような、聞こえないような。

いや！　わたしは間違ったこと言ってない！

これでもしバカにされたって、嫌われたって……そんな風に言う人達、こっちから願い下げだい！

……なんて、頭に血を上らせたり、血の気を引かせたり、また上らせたり……と、忙しくしつつ、でも顔を上げられないわたし。

いつ聞こえてくるとも分からない嘲笑に身構え、ただただ固まるしかなくて……。

そんな沈黙の中――。

「……俺、間《はざま》の言う通りだと思う」

突然、そんな声が上がった。

「……三浦《みうら》、くん？」

声を上げたのは、三浦法助《ほうすけ》くん。

出し物決めの時、アイドルステージを提案した男の子だった。

「俺さ……ずっと後悔してた。この出し物、最初に言ったのは俺だ。調子に乗ってちょっと受け狙いっていうか……そんな感じでさ。でも、本当に通ったときは嬉しくて、これなら絶対盛り上がる、最高の文化祭になるって……そう思ってた」

普段の、お調子者な感じとは全然違う。

彼自身、ずっと苦しんできたんだろうって思えるくらい、声は沈んでいた。

「でもさ、クラスの雰囲気はなんか暗くて、バラバラで……そう思ったらだんだん俺もやる気なくなって……こんな出し物提案しなきゃ良かったとか、それで後悔して……」

三浦くんがわたしを見る。

真《ま》っ直《す》ぐ……たぶん、同じクラスに入って初めてだ。

「でも、間に気付かされた。俺は、ただ逃げて、全部の責任をあの三人に投げちまってただけだって。恥ずかしいよ、的外れな後悔してさ……。でも、間の言ったやつ！　俺達《たち》の最高の仲間をみんなに伝えたいってやつ！　すごいぐっときた！　俺もそうしたいって思った！」

暗い声から一変。跳ねるような、熱意の籠もった声。

すごい……すごい演説上手だ!!

「明石《あかし》や芹沢《せりざわ》、他の皆も、どうだ？　俺は間の言う通りだと思う。俺達みんなで、クラスの仲間として、小田さんや百瀬さん、合羽さんを全力で支えるべきだって思わないか!?」

わたしの言葉を引用して、三浦くんがクラス内に訴えかけてくれる。

でも……仲間とか、全力とか、わたし、熱に浮かされてなんか偉そうなワードチョイスしちゃっていたかもしれない。ちょっと恥ずかしくなってきた……！

「……だな。百瀬さんとか合羽さんのこと、全然考えられてなかった。世界中に自分の顔写真が広まったりしたら生活めちゃくちゃになるし……止めてもらえて良かったよ」

「ごめんね、間さん。私達、全然彼女達のこと考えられてなかった」

「あ、えと……謝って欲しいとかじゃ全然なくて、そのぉ……」

正直言って、三浦くんも明石くんも芹沢さんも、クラスの中では目立つ方というか……わたし、喋《しゃべ》ったこと全然ないから、なんかドギマギしてしまう。真希奈《まきな》と話すよりずっと

緊張するんですが⁉

でも、三浦くんが端を発してくれたおかげで、クラス内はわたしの拙い演説を受け入れる空気になってくれた。

良かった……ホッとするわたしに、向井《むかい》さんが目を潤ませて大きく頷《うなず》いてくれる。

「間、聞かせてくれよ。お前のアイディアってやつ！」

三浦くんが、明石くんに芹沢さん、他の皆が、そう求めてくれる。

わたしは安心からへたり込みそうになるのをぐっと堪《こら》え、鞄《かばん》から資料を取り出した。

「ええと、人数分刷ってきたので……」

「マジか。配るの手伝うぜ！」

ホチキス留めした簡単な資料を、クラスに配っていく。

一山越えた。でも、ここからのアイディアが空振りしてしまったら全部水の泡。

もう一踏ん張り、頑張れわたし……！

「四葉《よつば》ちゃん、あたし達にもちょうだい！」

「あ、うん。もちろ……んっ⁉」

いつの間にか、教壇の隣りに由那《ゆな》ちゃんと凜花《りんか》さんが⁉

みんなも今気が付いたのか、教室内がざわつく！

「あはは、ごめんね。会議には参加しなくていいって話だったんだけど」

「ちょーっとお節介な誰かさんに引っ張られちゃったのよ」

お節介な誰かさん……？

いや、ってことは、もしかして！

「ぜ、全部聞いてた……？」

「ええ、もちろん」

「カッコよかったよ、四葉さん」

みんなに聞こえない声量で、ニッコリ囁《ささや》いてくる二人。

こ、これは……恥ずかしい！

「ああ、もちろんあたし達だけじゃないわよ？」

そう由那ちゃんが言った直後、教室後方のドアが開き、真希奈が入ってきた。

二人がいるってことは、当然そうなるよね……。

「あ……」

真希奈がわたしを見て、口を開ける。

……けれど、何か言葉を発するでもなく、口を閉じると、軽く会釈をして席についてしまった。

怒ってない感じじゃないけれど……気まずげ、だろうか？

「大丈夫よ」

「うん、大丈夫」

わたしの胸中、不安を見透かしてか、由那ちゃんと凜花さんが軽く肩を叩《たた》く。

そして、彼女らも自席に戻っていった。

真希奈を怒らせたり、機嫌を損ねてないってこと、だよね。

だったら、わたしも堂々と胸を張ろう。

「わたしのアイディアは、みんなで一つのステージを作り上げることです。なのでみんなでアイディアを出し合って……ってなるんですが、宣伝方法としては、この資料に掲載しています、向井千晶《ちあき》さんが描いたイラストを使って、三人の肖像権を守りつつ手作り感を演出していく……みたいな感じがいいかなって思ってます！」

クラスのみんなが、その美麗なイラストに舌を巻き、向井さんも恥ずかしげに顔を赤らめる。

そんな姿を見て、ほっと胸を撫《な》で下ろす。

わたしはリーダーじゃない。そんな器、持ったことは一度もない。

でも、勇気を出して良かった。

もう間もなく10月。再始動するには遅いかもしれない。

でも、ようやく動き出せる。

結末がどうなるか……どんなステージを作って、お客さんに喜んでもらえるか分からない。

けれど、きっとこのクラスのみんなにとって、最高の思い出になる。

そしてそれは同時に、由那ちゃんにとっても、凜花さんにとっても、そして真希奈にとっても、いい未来に繋《つな》がっていくはず。

わたしは最初よりもずっと明るい雰囲気になった、クラスみんなが揃《そろ》った教室を眺めながら、そう確信し……今度こそ、思いっきり、全力で！

（はぁ～……上手《うま》くいって良かったぁ……）

ようやく、腰を抜かせるのだった。

「ああ、違う。こうじゃない……」

そう言って、彼女はノートを千切ると、ぐしゃぐしゃに丸めて捨てた。

もう何度目か。私はノートパソコンのキーボードを叩く手を止め、彼女が捨てたばかりの紙屑《かみくず》を拾い、広げる。

「……いいんじゃない？」

斜めに目を走らせ、そう問いかけた。

けれど、彼女は俯《うつむ》き、首を横に振る。

「…………」

溜息《ためいき》を飲み込み、改めて、今度はじっくり彼女の文字を追った。

悪くない。及第点は越えていると思う。

けれど納得できないのは、そもそもこれから彼女がやろうとしていることには適切な答えが用意されていないからだ。

例えるなら……そう、これは泥でできた船の底に穴を開けるような話。

そしてさらに、沈みゆく船から乗客を自分の船に乗り換えさせようとしている。

問題はいくつもある。

ひとつは泥船が、見る人によっては非常に煌《きら》びやかに映るであろうこと。

帆は大きくて立派。シンボルとなる船首像は輝きを放ち、自動航行システムも積んでいる。

彼らは、甲板に寝そべり、日光浴を楽しみながら眠る。泥船が勝手に自壊し、転覆するその最中であっても、事実を知覚することなく夢を見続けるだろう。

まずは彼らの目を覚まさせなければならない。だからこそ、後戻りできる今の内に、穴を開ける必要がある。

二つ目の問題。新たな船を用意し、彼らに乗り換えるよう訴えかけるには、その船も、船頭である彼女もあまりに頼りないこと。

彼女の船の見てくれは良くない。

じわじわ沈むことはないかもしれないけれど、その船には帆も、羅針盤も、海図もついていない。

船員が必死にオールで漕《こ》ぎ、広い海のどこかにあるかもしれないゴールを目指し、足掻《あが》くことを求められる。そんな船に誰が乗り換えたいと思うだろうか。

そして船頭である彼女。

彼らの目を覚まさせ、自分の船に乗せた後……彼女は早々に船頭の座を誰かに譲り、自分は労働力のひとつになろうと考えている。

自信もなければ、人を引っ張れるカリスマなんて欠片《かけら》もない。

けれど、その船は、そして彼女も、本質的に良いものだ。必ずゴールに連れて行ってくれるとは断言できないけれど、どんな結果になったとしても、きっと誰も後悔はしないだろう。

……なんて、外野の私だから言えるのだろうけれど。


とにかく。

どんなに策を巡らそうが、どれほどノートの紙を無駄にしようが。

この調子ではほぼ確実に、彼女の目論見《もくろみ》は失敗する。

私はそう予想しながら、それでも彼女に付き合っていた。

それは彼女に頼まれたからでもあるし、私としても協力したい――は、前向きに言いすぎかしら。

手伝い、一緒に玉砕してあげるのも悪くないと思ったから……くらいにしておこう。

「一度休憩したらどうかしら」

「うぅ……すみません、小金崎《こがねざき》さん」

「お茶、入れるわね」

彼女は謝罪し、頭を下げてくる。

こちらは責めたつもりなどないのに。

私は一旦立ち上がり、キッチンに行く。そしてペットボトルの封を切り、適当なグラスにお茶を注ぎながら、私は彼女の量産した紙屑を思い出していた。

どれも真剣に、自分の頭の中に浮かんだ考えをなんとか書き出そうと奮闘した跡が見て取れる。

しかし、そのどれにも、共通して書かれていた文言があった。

——ごめんなさい。すみません。

必ずひとつは入ってくる、謝罪の言葉。

彼女の自信のなさを具現化したそれは、きっと彼女の人生に呪いのように深く刻み込まれているのだろう。

誰かに何度も鞭《むち》を打たれたのか、それとも自分で自分を罵り続けたのか。

その痛ましい傷痕は、とても私などでは塞げそうにない。

「はい、どうぞ」

彼女の前にグラスを置くと、ただそれだけで彼女は申し訳なさげに肩を落とした。

「すみません……」

「そこはありがとう、じゃないかしら。言葉は正確に」

「すっ——あ、ありがとうございます」

つい訂正してしまうけれど……駄目ね。これは言葉遊びでしかない。

私は客観的に見て怖い類いの人間らしいし、事実、彼女は同い年の私に対し、求めてもいないのに敬語を崩さない。

タメ口を使えば怒鳴られるとでも思っているのだろうか。そのくせこちらを友達と、ぐいぐい距離を詰めてくるくせに。

(むかつく)

なんとなく手を伸ばし、彼女の短い髪を撫でてみた。

「小金崎さん？」

戸惑う彼女を無視し、髪を掻《か》き分け、出てきた耳を摘《つ》まむ。

「ひゃうっ!?」

くすぐったかったのか、彼女は身を捩《よじ》り、すぐに耳は指から離れてしまった。

「な、何をするんですか！」

「貴女《あなた》が辛気くさい顔しているからよ」

理由になっていない。

そう自覚しつつ、さも真っ当なことを言っているかのように断言してみせる。

おかげで私の小さな悪戯《いたずら》は、それ以上追及を受けずに流された。

「すみません……」

彼女はまた謝る。大分自信を失っている。

だから、私は責めたわけじゃ……いや、責めたかもしれない。辛気くさい顔、なんて指摘、責めていないのなら何なんだろう。

……まあ、私のことは、いいか。

「やめる？」

私はそう問いかけた。

自分でも驚くほど、慈愛を感じさせる声だった。

しかし同時に、悪魔の囁《ささや》きにも感じられた。

私は、それだけ本気で彼女に問いかけるほど、自分が真剣になっていたことに驚いた。

「っ……！」

彼女がハッと顔を上げ、私を見る。

同様に瞳を揺らし、逸《そ》らし——。

「もう少し、頑張ってみます」

弱々しく微笑を浮かべた。

「だから、その……付き合わせちゃって、すみ——ふきゅっ!?」

「なら、手を動かしなさい」

後に続きそうなその言葉を聞きたくなくて、頭から無理やり押さえつけた。

決して軽い力ではなかっただろうに、彼女はなぜか嬉《うれ》しそうに頬を綻ばす。

「えへへ……なんかお姉ちゃんみたいですね」

「お姉ちゃんは貴女でしょう」

「でも、小金崎さんの方がずっと理想のお姉ちゃんっぽいですし」

「理想、ね……」

それはつまり、本物ではないということだ。

かつて私はそれを求めた。そうあろうと自身を律した。

けれど、所詮理想は理想。偽物は偽物だった。

本物を前にして、そう痛感する。

「ありがとうございます！　おかげで頑張れそうです！」

彼女が無邪気に微笑《ほほえ》む。

私はそんな彼女の頭をもう一度軽く叩《たた》き、背を向けた。

――貴女が頑張れるのは、ただ貴女が頑張りたいと思っているからよ。

そう当たり前のことを言い、褒め、抱きしめ、叩くようにではなくじっくりと頭を撫《な》で上げてあげたい。

そんな、自分勝手な欲望を律する。これは間違いだ。

知っている。嫌というほど分からされている。

私の『姉』はどうしようもなく偽物で……しかし、ああ。

そんな偽物の私から見て、彼女は、なんとも理想的な『妹』かもしれない。

◇◇◇

聖蘭《せいらん》女学院中等部。

それがかつて私がいた箱庭の名前だ。

伝統のある、生粋のお嬢様学校……と、世間から呼ばれているのは、そこを離れてから知った。

当時の私にとって、ここは世界の全てだったから。

「おはようございます、お姉様」

「ええ、おはよう」

校内を歩けば、そう恭しく頭を下げられる。

私も嫋《たお》やかに笑い、挨拶を返す。

恥ずかしながら、当時の私は恥ずかしげもなくそれをこなしていた。

中学三年生……たかだか十四歳の子どもなくせに、大人になった気分でいた。


元々、同級生の中では身長が高い方だった。

それに加えて、小金崎という名前は、お嬢様が集う学内でも目立つ方の名前だ。

学年がひとつ上がるごとに、私は大人として認識されるようになった。

さらに、聖蘭《せいらん》女学院の伝統と言うべきか、染みついた悪習と言うべきか……目上の学生を『姉』として慕うという文化が根付いていた。

私は下級生、さらには一部の同級生から、『お姉様』と呼ばれ、敬われていた。

そしてあろうことか、私自身、それが誇りだと自負し、責任感を抱いていたのだ。

クラス委員長に選ばれるのは当たり前。後輩達《たち》の活動にも足繁《あししげ》く顔を出し、先生の手伝いも率先して引き受け……そんな地道なロビー活動もあって、私を慕ってくれる生徒は、私が把握するよりもずっと多くに膨れ上がっていたらしい。

そんな中でも、特別仲の良い相手が三人いた。

一人は、篠本立華《しのもとりつか》。

同級生で、私の幼馴染《おさななじ》み。快活な性格で、お姉様と呼ばれるのを擽《くすぐ》ったがる子だった。

彼女は私を特別扱いせず、対等に、いつも変わらない笑顔で受け止めてくれた。

慕われる自分の保つのは、愚痴というほど暗い感情が溜《た》まっていたわけじゃないけれど、どうしても肩は凝る。

そんな、『お姉様』として溜まった疲れを吐き出せるのは、彼女の前だけだった。

もう一人は、白浜絵美理《しらはまえみり》。

彼女はひとつ下の後輩で、特別私を慕ってくれていた子だ。

礼儀正しく、お淑《しと》やか。まさにお嬢様という言葉が似合う少女だった。

けれど、私に対しては幼く愛らしい執着を見せた。他の子と話していると、頰を膨らませるような、些細《ささい》な嫉妬を。

私は、そんないじらしい彼女が、彼女が向けてくれる好意が嬉しかった。好意は、数少ない日々の報酬だ。肩を凝らせてまで頑張った甲斐《かい》がある。必要とされているという実感は自分の証明に繋《つな》がる。存在意義になる。だから……私は自分が正しいと思ってしまった。


「舞《まい》、あたしさ……舞のことが好きなんだ。一人の女性として」

「お姉様。貴女を愛しています。どうか、お付き合いいただけませんか」


立華と絵美理。

二人から告白されたのは、奇《く》しくも同じ日のことだった。

「え……？」

私は、そのどちらの告白にも、最初困惑し固まるしかなかった。

先に告白してきた立華に対しては、友達である彼女からそんな思いを向けられているなんて、完全に寝耳に水だったし、後から告白してきた絵美理に対しては、まさか立華に立て続けでという偶然に対する驚きもあった。

そしてどちらにも共通して言えるのは、私は彼女らに、いや誰に対しても、彼女らが向けてくるような恋慕を抱いた経験がなかった、ということだ。

誠実さは正直であることだと思っていた。

ましてや、恋愛なんていう、自分の知らない世界については、嘘《うそ》で身を固めて踏み出すなんて自殺行為に他ならない。

たとえ特別な友人、立華と絵美理が相手でも、それは変わらない。

いや、特別な友人であるからこそ、真実を以《もっ》て誠実に向き合わなければと思った。

「ごめんなさい」

私は頭を下げ、謝った。

「私、今はまだ、誰ともお付き合いするつもりはないの」

そんな、どこで学んだかも分からない断り文句を振りかざす。

「……そっか。それなら仕方ないわね。あはは、ごめん。いきなり変なこと言って」

立華は誤魔化すような笑みを浮かべ、去って行った。

「そんな……私のどこがいけないんでしょうか!?」

対し絵美理は、縋《すが》るように訂正を乞うてきた。

「貴女が悪いんじゃないのよ。私が……」

なんと言葉を返すべきか。どうすれば絵美理を傷つけずに済むか。

十四年で培ってきた知識を必死に掘り起こしていく。

けれど、間違いなく十四年間で一番混乱していた。

頭の中がグチャグチャして、目眩《めまい》まで感じて……何か、言ったんだと思う。

絵美理を傷つけないように、けれど彼女の想《おも》いを嘘で受け入れることもできなくて、いくつも、無様に、それらしい言葉を並べた。

内容は覚えていない。口から出任せで、出た側《そば》から消えてしまうほど頼りないものだった。

気が付けば、目の前から絵美理はいなくなっていた。

けれど、胸元に触れれば、彼女の押しつけてきた涙の跡が残っていた。


今なら思う。泣きたいのはこっちだ。


それからすぐのことだ。

私と、絵美理が付き合っているという噂《うわさ》が流れた。


「どういうこと」

立華が屈辱に満ちた瞳で私を睨《にら》み付けてくる。

「わ、私……」

私自身、困惑していた。

事実無根の噂。絵美理からの告白は、確かに断った筈《はず》なのに。

「誰とも付き合う気はないって、言ったじゃない！」

あれは嘘だったのか、と。

自分の真摯な想いを嘘で汚したのか、と。

怒りと屈辱で、立華の目から涙がこぼれ落ちる。

「お姉様」

酷《ひど》く穏やかな声が耳を打った。

絵美理は笑みを浮かべていた。しかし、私の知らない笑顔だった。

「お前……！」

「あら、篠本先輩。ごきげんよう」

立華が怒りの矛先を変える。

絵美理はおよそ、目上の先輩に向けるには適さない、哀れむような嘲笑を返した。

それは見かけの目論《もくろ》み通り、立華をさらに煽《あお》り、焚《た》きつけた。

そして……そこからは、具体的な話の中身はもう殆《ほとん》ど覚えていない。

ただ、普段の彼女達からは想像もできない罵《ば》詈《り》雑《ぞう》言《ごん》が飛び交い、私はただその間に挟まれ、頭痛が限界に達するまで震えているしかなかったことだけ覚えている。


それからすぐだ。

私が絵美理と付き合っているという嘘の噂が、私が絵美理と立華を弄び傷つけた、というさらに悪辣なものへと変化したのは。

今度の噂の出所は、彼女ら本人ではなく、彼女らを慕う別の子達だったという。

二人ともとても目立つ子で、周囲から信頼されていた。当然、彼女らが私に向けたような感情を、二人に向ける子も少なからずいた。

そしてその子達にとって、私は間違いなく敵だった。引きずり下ろし、地面に叩きつけ、泥を被《かぶ》せて生き埋めにしてしまいたい……そんな敵意と欲望に、私は呆気《あっけ》なく飲み込まれた。

奇しくも、それは中等部卒業を間近に控えた頃に起きた。

卒業すれば絵美理とは距離を置ける。しかし、立華とは変わらず同級生のままだ。

あの騒動を経て、立華は別の後輩と付き合い始めたらしい。それでも時折私に、蔑みか、哀れむような視線を向けてくる。

私は完全に孤立していた。先生達にも悪評が広まったのか、誰もが私を避けるようになっていた。

いや、ただ一人だけそうじゃなかったかしら――。

『お姉様』

流暢《りゅうちょう》なスウェーデン語が、私の耳を撫でる。

『こんなところにいらっしゃったんですね』

『……咲茉《えま》』

私にとって特別親しい相手、その三人目。いや、最早《もはや》唯一と言うべきか。

天からの落とし物のような、誰しもの目を引く美しさを持った彼女は、日本人とスウェーデン人の血を引く女の子だ。

名前は日本人らしいものではあるけれど、幼い頃から長くスウェーデンで育った。

私とは親同士が知り合いで、昔から何度か顔を合わせる機会はあったのだけれど……今は同じ、聖蘭《せいらん》女学院中等部に通っている。

『咲茉、あまり私と喋《しゃべ》らない方がいいわ』

『どうしてですか？』

『だって……話は耳にしているでしょう』

『私《わたくし》が、お姉様と一緒にいたいだけですのよ』

——それに、日本語はまだあまり分かりませんの。

本気か冗談か。咲茉はそう無邪気に笑い、抱きしめてくる。

不思議な子だった。彼女だけ時間の流れが違うような……だから、どんなに自由でも、どんなに素っ頓狂な行動を取っても、周りはそれが彼女だからと受け入れてしまう。

その自由さは私にはない。だから、羨ましくもあり、それはそれで大変だろうなとも思う。

『ねえ、咲茉』

『なんでしょうか、お姉様』

『もしも私が……高等部に上がらないと言ったら、どうするかしら』

『それならば、私《わたくし》もそういたしますわ』

全く間を空けることなく、咲茉は微笑《ほほえ》んだ。

簡単に言ってくれる。それぞれ家の事情は違うだろうに。

私は既に外部進学をする算段をつけていた。

この一見で心は擦り切れ、芯としていたものは折れてしまった。

この箱庭から逃げる——それだけが、私の希望だった。

だから両親に交渉し、祖父を味方につけ、聖蘭《せいらん》女学院高等部よりも偏差値の高い進学校
ならば、という条件を引き出したのだ。

さすがに、咲茉の家庭に口出しはできない。

「おねえ、さま」

はっと、いつの間にか俯《うつむ》いていた顔を上げる。

まだ勉強中の、拙い日本語だった。

「おねえさま、わたくし、ずっと、いっしょ、ですの！」

「咲茉……」

目尻に涙が浮かんだ。

一緒にいたいと言ってくれることが、誰かが私を求めてくれることが、今の私にはどれ
だけ嬉《うれ》しいか。

「暫《しばら》く一人にしてしまうわね」

せめて、彼女には『お姉様』と呼んでもらえるに相応《ふさわ》しい自分でいたい。

たとえ逃げ出したとしても、全てを失ったとしても、彼女にまた、見つけてもらえるように。


そして、私は永長《えいちょう》高等学校に進学した。

両親も納得する進学校。実家からは離れていたけれど、祖父が持っていたマンションの一室を貸し与えてくれた。

私は中等部卒業と共に引っ越し、独り暮らしを始め……入学と同時に、出会う。

「ねぇ、あの二人」

「すっごい美人……お似合いじゃない？」

明らかに特別な、二人の少女。個々の存在感もさることながら、まるで違う魅力を持った二人が仲睦《なかむつ》まじくしているのだから、余計に輝きを増して見えた。

他の新入生達《たち》は無邪気に彼女らを見つめていた。

けれど……。

（いつその無邪気さが、牙を持つか分からない）

彼女らに向けられる羨望が、嫉妬や敵意に変わる……たとえ他人であっても、許容できない。

だから、私は決めた。

たとえ独りよがりでも、彼女らを守ろう、と。
それが、二人の少女を傷つけ、逃げることしかできなかった自分への戒めであり、責任だと。

自分が光になろうとは思わない。私は影でいい。
誰に認められずとも、誰かのためにこの身を砕き、支える。
それが、小金崎舞《こがねざきまい》でいい。

◇◇◇

警戒する視線が、私の背中を刺していた。
百瀬由那《ももせゆな》。合羽凜花《あいばりんか》。
彼女らと話した機会は殆どないけれど、認知はされていたらしい。
もちろん、あまり良い意味でではないけれど。

これは、あの子との約束にはない独断行動だ。
そして、百瀬由那、合羽凜花——彼女ら二人のためでもない。
誰かのためと銘打つのであれば……そう、間違いなく、私のためだと言えるだろう。

どう転ぶかは分からない。けれど、どう転ぶかこの目で見たい。

そんな、自分勝手な欲望に突き動かされ、私は彼女らの元へと押しかけた。

「それで、どこに向かってるわけ」

不満を隠そうともせず、百瀬さんが聞いてくる。

「あたし達、それなりに忙しいんですけど」

「ほんの少しよ。貴女《あなた》達も知るべきだと思って」

「知るって、何を？」

「なんでしょうね」

私達は友達ではない。

私は彼女らを守りたいと思っているけれど、仲良くしたいとは露ほど感じていない。

そして、二人からすれば、私は聖域ファンクラブの副会長。

二人の……いや、二人とあの子、三人の生活に息苦しさを与えていると言ってもいい害敵だ。

本来なら私なんかが誘い出そうとしても、決して従おうとはしなかっただろう。

それならそれで引くつもりだった。けれど——。

「小金崎さん」

「……何、小田《おだ》さん？」

「行き先は、もしかして二年A組の教室ですか？」

彼女、数週間前の私にとって一番の悩みの種だった転入生。

小田真希奈《まきな》が、ついてくると言った。

私からすれば聖域の二人と比べても、何を考えているか分からない存在だ。

ただ、夏休みに一度、奇妙な面識を持った。

咲茉と二人、水族館に遊びに行ったとき、偶然出くわしたのだ。あの子とデートをしている場面に。

一緒にイルカショーを見た仲、と言えば聞こえはいいかもしれないけれど、その実、殆ど言葉は交わしていない。

彼女はあの子しか見ていなかったし、私もあの子を（悪い意味で）注視していたから。

けれど、私の名前はしっかり覚えていてくれたようだ。

そして、彼女の脳内では、私の名前とあの子が結びついて見えているに違いない。だから行き先も、あの子がいる二年A組の教室だと直感したのだろう。

「うちのクラス？」

「今は確か、宣伝会議をやっているって話だったけれど……」

「ええ。貴女達三人を抜きにしてね」

「……なんで別のクラスのあんたがそれに口出ししてくんのよ」

「どうしてでしょう」

「あんたねぇ！」

「由那」

狂犬のように威嚇してくる百瀬さん。それを止めつつ私への警戒心を崩さない合羽さん。

本当にバランスが良い二人だ。

けれど、妙な余裕のなさを感じさせる。

国民的アイドルである小田さんと一緒にステージに晒《さら》される不安からだろうか。それとも、あの子が関係しているんだろうか。

「たしか、決定した内容を後でお伝えいただく……と聞いていましたが」

「ええ。けれど、会議を陰でこっそり聞いたって損にはならないでしょう？　それに、もしも聞き耳を立てたことを咎《とが》められたとしても、私に無理やり連れてこられたと言えば、多少の言い訳にはなるでしょうし」

「…………」

小田さん、そして百瀬さんと合羽さんも黙る。

三人とも、会議の内容は気になる。けれど、自分達がいればそれだけで会議の邪魔になることも理解している。

会議を円滑に進ませるため、あえて自分達は参加しない――それは他のクラスメートを気遣ってのことか、それとも、その方が都合が良いからか。

（……駄目ね。私、どうしても人を疑いたくて仕方がないみたい）

こういう時、一年と少し続けてきた生活の影響が早くも出始めていると感じる。

人の見えづらい部分を知って初めて、底が知れたと安心する。

汚い部分こそ、その人の本質だと信じたくて仕方がない。

そんな考え、後ろ向きで、敵ばかり増やすと分かっているのに。

「だから、三人の圧倒的なビジュアルを前面に押し出してくのが一番だって！　オフショットとかもガンガン公開してさ！」

「ううん、やっぱりちゃんとしたPV作っちゃおうよ！。動画サイトとかに公開すれば、絶対話題になるでしょ！」

そうこうして、二年A組の教室、後方扉の前に着いたとき、ちょうどそんな口論が中から漏れ聞こえてきた。

「っ……！」

「これって……」

「…………」

百瀬さんが怯《ひる》み、合羽さんが眉をひそめる。

小田さんは神妙な顔つきで何か考え込んでいるようだった。

(確かに、当事者からしたら堪《たま》ったものではないわよね。自分達をオモチャにして遊ばれているようなものだもの)

……なんて、百瀬さんと合羽さんを聖域という枠に押し込み、周囲をコントロールしようとしてきた私が言えた話ではないけれど。

しかし、それでも聞いていて気持ちの良いものじゃない。

部外者だからこそ分かる、自覚のない悪意。

彼らは料理人だ。材料はこの三人。

料理のできばえを気にし、材料にどんな痛みを、代償を払わせるか、全く考慮していない。

まな板の上に横たわらされた三人は、肝を冷やす思いだろう。

包丁で刻まれるか、ミキサーに掛けられるか、煮えたぎった油に落とされるか。

散々弄ばれて、失敗作だとゴミ箱に捨てられるかもしれない。

だから……目を覚まさせてあげないと、ね。

「わ、わたしは、どちらの意見にも反対ですっ！」

ハッと息を呑《の》む声が三つ。

私は思わず、頬を緩ませた。

◇◇◇

——いや、絶対無理です。断言できます。だって、わたし、ずっと注目とかされてこなかったから、誰かに注目されたり、代表者として立つとか、考えただけで吐いちゃいそうですから！

以前、彼女はそう言った。

必死に、真剣に、紛れもなく本心から。

臆病で自虐上手な彼女らしい。

当然私もその言葉を疑わなかった。人には適材適所というものがある。彼女は人の前に立ち、旗を振るタイプではない。


しかし、どうだろう。

今、教室の扉越しに、彼女の演説を聞きながら、私は過去の自分にしたり顔を向けた。

彼女は確かに臆病だ。今も自分で自分の心を傷つけている最中かもしれない。

しかし、彼女の声は、その弁は、とても力強い。身も心も削るような、切実さが余計に染みるのだろうか。

無意識に、全身が熱くなる。

私は彼女が、およそカリスマと呼べる素質とは無縁に思っていた。

しかし、それらを持ち合わせた少女達は、彼女に並々ならぬ想《おも》いを寄せている。

今も、この場にいる誰もが、彼女の一言一言に聞き入り、目を潤ませている。

これもまた、もしかしたら、カリスマと呼べる素質なのかもしれない。

「だから……お願いします。力を貸してください……！」

その言葉で、彼女の演説が終わり、静寂が訪れる。

教室から聞こえる声がピタリと止まり……もしかしたら、あの子は反応が返ってこないことに不安を感じているかもしれない。

(でも、それは杞憂《きゆう》よ)

私には分かる。確信している。

「……俺、間《はざま》の言う通りだと思う」

(ほらね)

一人の男子が声を上げ、彼を中心に賛同が広がっていく。

彼女は不思議に思っているかもしれないけれど、何もおかしくなんかない。

彼女の言葉には確かな説得力があった。ロジックがどうこうじゃない、直接心に語りかけ揺さぶる、強い想いに溢《あふ》れていた。

私でもそう感じるんだもの。他の人が動かされない筈《はず》がない。

「……小金崎さん」

「なに、合羽さん？」

「君は、どこまで知ってたの。どこまで……」

「……さあ、どこまでかしら」

自分でも胡散臭《うさんくさ》いと思いつつ、肩を竦《すく》めて誤魔化す。

正直に言うなら、なにからなにまで、だ。

けれど、この結果を導いたのは全てあの子の力。私が誇るべき話じゃない。

「そんなことより、行ってあげたら？」

「え？」

「もう会議から貴女達《たち》を弾《はじ》こうなんて、彼らは思わないんじゃないかしら」

「そう……か。そうだね。由那《ゆな》」

「分かってるわよ……！」

ぐすっと、百瀬《ももせ》さんが鼻を鳴らす。

実に可愛《かわい》らしい姿だけれど、本人的にはみっともないのか、顔を何度か叩《たた》き、気を引き締め直して、合羽《あいば》さんと二人、教室へと入っていった。

残されたのは私と……小田真希奈だけ。

「……ようちゃんは、勘違いしています」

誰にでもなく、彼女は呟《つぶや》いた。

「私は、ようちゃんが思うほど綺麗《きれい》じゃない……私はただ……」

「そうかもね」

お節介だと自覚しつつ、口を挟む。

小田さんは顔を上げ、戸惑った表情を隠しもせずに私を見る。

「自分の気持ちなんて、自分でも分からない。けれど、他人から見ればあっさり見破れることだって少なくないわ」

彼女だってそう。

――もう紙に書き出すのはやめましょう。

――え？　でも……。

――貴女《あなた》はただ、自分の気持ちを口にして。私がその言葉を拾って、書き出すわ。目の前の紙に向かって、一人の世界に閉じこもってもつらいだけなら……私が受け止めてあげるから。

――っ……！　はいっ！

そんな、つい昨日のやりとりを思い出す。

今日の彼女の演説、その簡単な台本と、新たな宣伝方法を書き記した資料を用意した。

結局、台本をなぞるという手段は取らなかったみたいだけれど、自分の気持ちに向き合うための、価値ある時間だったと思う。

小田《おだ》真希奈にはきっとそれがない。見ていて分かる。彼女は孤高を好んでいる……うん、それが正しいと信じ込んでいる。

競争社会に身を投じてきたからか、最後に信じられるのは自分だけだと身を以《もっ》て思い知らされてきたんだろう。

(けれど、それならどうしてあの子を求めるのかしら)

水族館で出会った小田さんは、今とはまるで別人のようだった。少なくとも、世界にひとりぼっちなんて、そんな孤独を感じさせる子ではなかった。

「人は誰しも、完璧じゃない。完璧ではいられない。だから、誰かと寄り添い合い、支え合う」

もちろん良いことばかりじゃない。

誰しも、一番大事なのは自分だ。自分の利益のために、人を裏切るなんてザラだ。

人と関わることで傷つき、苦しむ人は多い。だったら、一人でいいと殻に籠もる気持ちも分かる。

「だからこそ、きっと……彼女達も、貴女も、真《ま》っ直《す》ぐで純真なあの子の心に惹《ひ》かれるのよ」

彼女には、自分の利益なんて考えはない。たぶん。

いつだって、誰かのことを考えている。

見返りを求めない……というか、見返りなんて概念、知りもしないんじゃないかしら。

変に卑屈で、すぐ調子に乗って、でも誰かのためにとなると自分のこと以上に一生懸命で。

だから、一度大切だと思ってしまえば、切り捨てられなくなってしまうのだろうけど。

きっとそれもまた、彼女の美徳に違いない。少なくとも私は、そう思うことにした。

「………………」

小田さんは再び俯《うつむ》き、黙り込む。

きっと考えているんだろう。

彼女は自分にとってなんなのか。

そして、自分は、本当はどうしたいのか。

当然私には、そこに踏み込むことはできないけれど……最後に、少しくらいお節介をしておいてもいいだろう。

「ほら、貴女も行きなさい。あの子が頑張ったのは、紛れもなく、貴女のためでもあるのだから」

「……はい」

小田さんは弱々しく頷《うなず》いた。

感情を整理しきれていない。余裕がない。

だからこそ、あの俯いた姿が本当の彼女なのかもしれない。

(まるで、あの頃の自分を見ているみたいね)

……なんて、私は勝手な共感を覚えた。


一人、校舎を歩く。

私のやるべきことは一旦、終わった。

彼女の目論見《もくろみ》は成功し、泥船から夢の詰まったガラクタ船に乗り換えた二年A組一行。

その先は……まぁ、私が関与する話ではないだろう。

結局のところ、私の抱えた問題は何ひとつ解決していないのかもしれない。聖域ファンクラブの今後について、答えを出すどころか、完全に天に委ねてしまっている。

だというのに……私は妙に軽やかな気分だった。

鼻歌でも唄《うた》い、スキップしてしまいたくなるような……なんて、そんなのキャラじゃないし、少々お下品だからやりはしない。

でも……そうね。

——タンッ。

少しばかり大きく、足音を響かせる。

それくらいなら、許されてもいいんじゃないだろうか。

「間、四葉《よつば》」

ここ最近、やけに口に馴染《なじ》んだその名前を転がしてみる。

別におかしな名前ではないけれど、口にするとなぜか、胸がすっとするような……そんな不思議な感じがする。

ねえ、間さん。

あの日から。私が我をなくして、咲茉《えま》が貴女を家に連れてきたあの出来事から。

たまに、本当にたまーにだけれど、思うの。

もしもあの時、貴女がいてくれたらって。

不器用で、いつも一生懸命で、裏表がなくて……こっちが必死に考えることがバカらしくなるくらいお気楽な、そんな貴方《あなた》が側《そば》にいてくれたら。

そうしたら、立華《りつか》も絵美理《えみり》も、そして私も。

誰も傷つかずに済んだかもしれない。

貴女が誰も思い浮かばないような奇跡を起こして、私達を救ってくれたかもしれない。

それとも――。

（もしかしたら、飲み込まれていたのは私の方だったかも）

「……なんてね」

意味のない想像に、つい頬を緩める。

自分でも間抜けに思えるくらいに浮かれたその呟きは、誰に聞かれることもなく、夕焼けに溶けて消えていった。

あとがき

このたびは『百合《ゆり》の間に挟まれたわたしが、勢いで二股してしまった話　その4』をお読みいただき、誠にありがとうございます。

そして…………大変お待たせいたしました！！！！！！！

前巻、『その3』発売より一年半以上もの時が経《た》ってはしまいましたが、なんとかこの日を迎え、皆様に『その4』を届けられたことを何より嬉《うれ》しく思います。

思えば本シリーズ、最初から全く順調にここまで来られたわけではありませんでした。

初動が大事と言われるこのライトノベル業界で、第一巻の発売直後の数字は厳しめなもので、発売から約1週間で『その2』の続刊が決まったものの、『その3』の続刊決定には1ヶ月を要しました。

そして、『その4』続刊決定には1年を要し……あれ？　このペースでは『その5』発売告知には10年を要するのでは…………？

……まぁ、続刊厳しいという話は『その3』でもしましたし、「コイツ、いつも続刊厳しい話しかしないな」と思われてしまうのもちょっと情けないと思うので、この辺りにします。あとがきに使えるページ数あんまりないので！　本当は10ページ分くらいのドラマがあったんだけどなぁ！　残念だなぁ！！！！！！

というわけで、あとがきらしく、皆々様に感謝を述べていきます。駆け足で!!

イラストレーターの椎名くろ先生！　今回も素晴らしいイラストありがとうございます！　今回のカラーイラストヤバくないですか!?　全部ヤバい！　好き!!　あと新キャラ、向井《むかい》ちゃんのデザインも好き！　菱餅《ひしもち》会長も好き！　椎名先生も大好き！！！

編集さん！　実は『その3』まで担当してくださっていた方が退職されまして、本巻から新任の方にご担当いただいているのですが、『その4』を出すためにご尽力くださって……本当に感謝です！　でも、連絡遅い時あるからもっと構ってね！　グレるぞ！！！

オーバーラップ文庫！　10周年おめでとう！　特に声かけてもらえなかったけど盛り上がってたのは知ってます！　ちょっと寂しい！　でも、それ以上に嬉しいです！　これからもどうぞご贔屓《ひいき》に、よろしくお願いします！！！

そして、なによりやっぱり、読者の皆様！　ここまでついてきてくださって、応援してくださって、本当にありがとうございます！！！！

今回の続刊、聞いたところによると、電子版の伸びが良かったことや、読者の皆様の感想ひとつひとつが編集部にしっかり届いたこと、海外翻訳版がさらに多くの方に届くきっかけとなってくれたことが、かなりプラス査定だったとのこと。

間違いなくこれはわたしの力ではなく、読者の皆様のおかげです！　皆様の声、応援のひとつひとつが元気玉になって風穴を開けてくれました!!　本巻がご期待に添えたものであることを祈ります!!

もしかしたら「えっ、ここで終わり？」と思われたかもしれませんが……今回の文化祭というビッグイベント、プロットの段階からどうしても一巻分に収まりきらなくてェ……つい『その3』に引き続き、次回に続くような引きになっちゃいました。

でもずっと書きたかった小金崎《こがねざき》さんのお話をいっぱい書けてわたしはめちゃハッピーだったし、「どうしても一巻に収まりません!!」ってすごくお願いしたら『その5』も出してもらえることになったので許してください！（マジ）

というわけで次は、『百合の間に挟まれたわたしが、勢いで二股してしまった話　その5』、『VS小田真希奈《おだまきな》完結編』でお会いしましょう！　サヨナラ！

OVERLAP

百合の間に挟まれたわたしが、勢いで二股してしまった話　その4

発　　行　2024年7月25日　初版第一刷発行

著　　者　としぞう
発 行 者　永田勝治
発 行 所　株式会社オーバーラップ
〒141-0031　東京都品川区西五反田 8-1-5
校正・DTP　株式会社鷗来堂
印刷・製本　大日本印刷株式会社

Printed in Japan　ISBN 978-4-8240-0827-5 C0193